Augenblicke der Liebe

Band 1

Augenblicke der Liebe

Die »Erotischen Geschichten des Monats« aus dem Internet

Band 1

Ruth Gogoll:

Begegnung

Die Professorin

Das erste Mal

edition el!es
Herausgegeben von Ruth Gogoll

1. Auflage 2003

el!es-Verlag

Internet: www.elles.de
E-Mail: info@elles.de

Satz und Umschlaggestaltung: graphik.text Antje Küchler, Ferrette
Herstellung: Books on Demand GmbH, Norderstedt
ISBN 3-88769-635-2

Ruth Gogoll

Begegnung

Möchten Sie vielleicht noch etwas trinken?« Ein charmantes Lächeln riß Cosma aus ihren Gedanken.

»Nein. Nein, danke.« Sie lächelte auch. Vorsichtig. Die andere sollte sich nicht zu irgend etwas ermutigt fühlen. Sie saß hier in dieser Bar, weil sie allein sein wollte – und auch allein bleiben.

»Sie sitzen schon eine Weile hier, und Ihr Glas ist auch schon fast ebenso lange leer«, sagte die andere freundlich. »Deshalb dachte ich, Sie suchen vielleicht Gesellschaft ..., aber wenn dem nicht so ist –«

»Ja, dem ist nicht so«, bestätigte Cosma etwas unwillig. Diese ständige Anmache ging ihr auf den Wecker. Konnte eine Frau denn nicht einmal fünf Minuten irgendwo alleine sitzen und in Ruhe gelassen werden?

»Dann will ich Sie nicht länger stören«, sagte die andere. Sie hob leicht grüßend die Hand und setzte sich an das andere Ende der Bar, von wo sie wohl gekommen war. Dort stand immer noch ein halbgefülltes Glas.

Warum hat sie es nicht gleich mitgebracht? dachte Cosma. *Solche Frauen gehen doch im allgemeinen davon aus, daß sie nie abblitzen – auch wenn es noch so oft vorkommt.* Aber sie verschwendete keinen weiteren Gedanken daran. Sie hatte Wichtigeres zu tun.

Kurz darauf ersetzte der Barkeeper das leere Glas vor ihr durch ein volles. Sie blickte ihn erstaunt an. »Das habe ich nicht bestellt«, sagte sie.

»Aber sie.« Der Barkeeper deutete mit einer Kopfbewegung an, auf wen sich das ›sie‹ bezog.

Auf wen schon? Cosma seufzte. Sie mußte ihren Standort wohl wechseln. Die Frau würde nicht so schnell aufgeben. Versprach sich sicherlich eine schnelle Nummer für heute nacht. Und das war das letzte, worauf Cosma Lust hatte. Diese Lust, die ihr den Verstand raubte, hatte sie gerade fast zum wiederholten Male in den Ruin getrieben. Das würde sie nicht noch einmal zulassen.

Sie stand auf, nahm das Glas und ging zu der anderen hinüber, die ihr erfreut entgegenlächelte. Anscheinend dachte sie, sie hätte Cosma nun doch überzeugt. Cosma blieb vor ihr stehen und sah ihr tief in die Augen. »Das ist von Ihnen?« fragte sie mit einem kurzen Blick auf ihr Glas.

Die andere nickte. »Ja. Ich –«

Weiter kam sie nicht. Cosma schüttete ihr den Inhalt des Glases ins Gesicht. Die Tropfen verteilten sich überall, sammelten sich am Kinn der anderen Frau, fielen hinunter auf ihre Bluse, ihre Jacke, ihre Hose. Sie trug einen teuren Anzug. Die Reinigung würde vermutlich einiges kosten.

Das Erstaunen der anderen währte nur kurz. Cosma nahm es fast gar nicht mehr wahr, da sie schon dabei war, sich umzudrehen und der anderen den Rücken zu kehren. Da hörte sie ihr Lachen. »Was für eine Frau!« sagte sie.

Cosma drehte sich zu ihr zurück. Wütend starrte sie sie an. Ihre Stimme hatte derart amüsiert geklungen, wie es Cosma nicht erwartet hatte – und auch nicht beabsichtigt. Sie sollte sauer sein, getroffen. Und was war sie? Belustigt! Eine Unverschämtheit!

Die andere wischte sich mit einem großen, mit Monogramm versehenen, offensichtlich teuren Taschentuch immer noch lachend das Getränk von Gesicht und Anzug. Nur flüchtig. Anscheinend machte es ihr nicht viel aus, naß zu sein.

»Wie bitte?« fragte Cosma erbost.

»Was für eine Frau«, wiederholte die andere. »Sie sind … erstaunlich.« Ihre Augen blitzten vergnügt.

»Was erlauben Sie sich?« fauchte Cosma sie an.

Die andere stand auf. »Darf ich mich vorstellen? Ich heiße Radegund. Frederika von Radegund. Und wenn Sie es erlauben, würde ich Sie gern nach Hause bringen.«

»Warum sollte ich?« Cosma war irritiert. Eine Frau wie diese hatte sie noch nie kennengelernt. Sie übte eine merkwürdige Anziehungskraft auf sie aus, eine, die sie so noch nie verspürt hatte, und das, obwohl Cosma es gar nicht wollte.

Frederika von Radegund hob entschuldigend die Hände. »Vielleicht nehmen Sie es einfach als Wiedergutmachung? Ich wollte Sie wirklich nicht belästigen, aber offensichtlich haben Sie es so empfunden.«

»Kaufen Sie öfter mal einer fremden Frau einfach so einen Drink?« fragte Cosma immer noch erbost, mittlerweile mehr aufgrund ihrer eigenen Reaktion auf Frederika von Radegunds Ausstrahlung als aufgrund der ursprünglichen Anmache durch sie.

»Ab und zu.« Frederika von Radegund lächelte leicht spöttisch. »Wenn die Frau mir gut gefällt ...«

Cosma verspürte das altbekannte Gefühl in sich. Sie hatte sich immer schon von Frauen angezogen gefühlt, die wußten, was sie wollten. Aber sie war auch oft genug damit hereingefallen. Denn es gab auch eine ganze Menge anderer Frauen, die diese Eigenschaften schätzten, und so gehörten die Frauen, die Cosma bevorzugte, kaum je zu den treuesten. Deshalb hatte sie nach der letzten Katastrophe dieser Art beschlossen, sich nicht mehr auf solche Frauen einzulassen. Aber die Gefühle, die eine solche Frau in ihr auslöste, waren eben immer noch da, und das schlimmste daran war, daß die andere das auch wußte.

Frederika von Radegund lächelte immer noch. »Sie sahen so traurig aus, als Sie da so allein saßen. Eine Frau wie Sie ist nicht zum Alleinsein gemacht«, sagte sie leise.

»Eine Frau wie ich?« Cosma zog die Augenbrauen hoch. Das ging jetzt aber wirklich zu weit!

Frederika von Radegund hob erneut die Hände. »Bitte keine falschen Schlüsse ziehen. Ich wollte damit nichts weiter sagen, als daß Sie sehr attraktiv sind.«

»Da-Danke«, stotterte Cosma etwas überrascht. »Aber –«, sie räusperte sich, »aber ich würde jetzt trotzdem lieber allein nach Hause gehen.«

»Wie soll ich Ihnen beweisen, daß ich auch zurückhaltend sein kann, wenn Sie mich jetzt einfach so stehenlassen?« fragte Frederika von Radegund mit einem derartig charmanten Lächeln, daß Cosma die Knie zu zittern begannen.

Du kannst dich vielleicht zurückhalten, aber für mich könnte ich nicht garantieren, dachte sie. Warum hatte sie nur so ein blödes Faible für die falschen Frauen? »Ich – na gut«, gab sie nach. Sie hatte nicht gewußt, wieviel sie an diesem Abend trinken würde, deshalb war sie ohne Auto gekommen. Sie versuchte ein schwaches Lächeln. »Ich kann mich ja kaum weigern, Ihnen eine solche Chance zu geben.«

Frederika von Radegunds Lächeln wurde noch selbstbewußter, als es ohnehin schon war. »Ich danke Ihnen«, sagte sie mit einer galanten Verbeugung und bot ebenso galant Cosma ihren Arm.

Cosma hängte sich völlig überrumpelt bei ihr ein, und Frederika von Radegund führte sie zu ihrem Wagen. Während sie ruhig und gleichmäßig die Straße entlangglitten, versuchte Frederika ein Gespräch in Gang zu bringen, weil Cosma kaum etwas von sich gab. »Meine Freunde nennen mich Rika, damit mein Name nicht mehr so schwer auszusprechen ist; weniger lang«, sagte sie.

»Warum sollte mich dieses intime Detail in irgendeiner Form interessieren?« fragte Cosma.

Frederika lachte. »Könnte ja sein, daß Sie mich irgendwann einmal ansprechen wollen.«

»Für das eine Mal, bei dem das nötig sein könnte, ist mir Ihr Name durchaus nicht zu lang, Frau von Radegund«, versetzte Cosma scharf.

Frederika lachte erneut. »Das habe ich Ihnen schon von weitem angesehen, daß Sie nicht leicht zu haben sind!«

»Aber Sie haben es trotzdem versucht.« Cosmas Bemerkung klang so trocken wie Wüstenstaub.

»Ich versuche es immer, wenn mich eine Frau interessiert«, erläuterte Frederika schmunzelnd.

»Da müssen Sie ja ein ganz schönes Sammelsurium an Frauen haben«, versetzte Cosma bissig, »denn anscheinend braucht es ja nicht viel, um Ihr Interesse zu wecken.«

»Oh, Sie unterschätzen Ihren Wert bei weitem«, lächelte Frederika. »Sie sind etwas Besonderes.«

»Wie vielen Frauen haben Sie das schon gesagt?« Cosmas Stimme klang abschätzig.

Frederika hielt am Straßenrand an und drehte sich zu Cosma um. »Nicht vielen«, erwiderte sie leise. Sie beugte sich vor. »Willst du immer noch, daß ich mich zurückhalte?« fragte sie ganz nah vor ihrem Gesicht. »Es fällt mir zunehmend schwer, aber wenn du nein sagst, akzeptiere ich das.«

Cosma kämpfte mit sich. Frederikas Nähe machte sie schwach. Das Zittern in ihrem Körper, das sie schon ganz zu Anfang in ihr ausgelöst hatte, nahm zu – und dennoch wollte sie nicht nachgeben. Sie wußte doch, wozu das führte: immer wieder die Hoffnung, immer wieder die Enttäuschung, immer wieder die Trauer.

»Ich – ich kann nicht«, sagte sie.

»Gut.« Frederika setzte sich zurück und fuhr weiter. »Sagst du mir, wo ich abbiegen muß? Ich kenne die Gegend hier nicht so besonders gut.«

»Ja.« Cosmas Stimme zitterte nun auch, ebenso wie ihr Körper. »Die nächste links, und dann Nummer zehn.«

»Okay.« Frederika bog ab und hielt kurz darauf an. »Du bist zu Hause«, sagte sie. Sie lächelte Cosma entspannt an. Dann stieg sie aus und öffnete ihr von der anderen Seite her die Tür. »Bitte«, sagte sie und trat zurück.

Cosma konnte sich für einen Moment nicht entscheiden. Immer noch hing Frederikas Duft im Wagen. Er hatte eine zugleich beruhigende und erregende Wirkung auf sie; ein merkwürdiges Gefühl. Sie wollte ihn nicht verlassen und gleichzeitig doch davor fliehen, denn er raubte ihr langsam den Verstand. Das kannte sie schon. Das führte zu nichts Gutem.

Sie stieg aus und ging an Frederika vorbei, die die Tür hinter ihr schloß und ihr dann folgte. Sie begleitete sie bis zur Haustür. »Dann Gute Nacht«, sagte sie lächelnd, nahm Cosmas Hand und küßte sie sanft. »Schade«, fügte sie hinzu. Dann wandte sie sich um und ging zu ihrem Wagen zurück.

»Rika!« Cosma benutzte nun doch die Kurzform, über die sie sich zuvor noch mokiert hatte; sie rief sie sogar.

Frederika drehte sich um und blickte Cosma an. »Ja?« Sie lächelte immer noch.

»Ich –« Cosma schluckte. »Ich möchte nicht, daß du dich zurückhältst. Nicht mehr«, sagte sie dann leise errötend. In der Nacht konnte Frederika ihre Farbe jedoch wohl kaum erkennen. Das beruhigte Cosma allerdings in keiner Weise, denn nun kam Frederika erneut auf sie zu.

»Bist du sicher?« Frederika blieb vor ihr stehen.

»Frag mich was Leichteres.« Cosma schloß die Tür auf. »Komm erst mal rein.« Sie ging vor in die Diele und drehte sich dann um. »Möchtest du einen Kaffee … oder so?« Ihre Stimme klang unsicher.

Rika hatte die Tür sanft geschlossen und kam dann ein paar Schritte auf Cosma zu, bis sie ganz nah vor ihr stand. »Ich dachte, wir wären schon beim ›oder so‹ …«, sagte sie lächelnd. Sie nahm erneut Cosmas Hand und küßte sie wie zuvor zum Abschied. »Aber ich weiß noch nicht einmal, wie du heißt. Verrätst du es mir?«

»Cosma.« Ihre Stimme kratzte. Das Kribbeln in ihrer Handfläche hinderte sie schon fast am Sprechen.

Rika lachte leicht. »Hört sich an, als wäre deine Mutter eine von diesen Hippies in Indien gewesen.«

»Ja, so ungefähr«, bestätigte Cosma. Dann lachte sie nervös. »Aber ich habe mich an den Namen gewöhnt.«

Rika beugte sich vor und küßte Cosma auf den Hals. »Cosma …«, flüsterte sie zärtlich. Dann richtete sie sich wieder auf. »Ein schöner Name für eine schöne Frau«, sagte sie lächelnd.

Cosma antwortete nicht. Sie sah Rika nur an. Sie war immer noch unsicher, aber Rikas Ausstrahlung machte sie so schwach, daß sie ohnehin nicht mehr denken konnte. »Du Schmeichlerin«, sagte sie endlich doch, wenn auch mit zitternder Stimme.

Rika blickte sie immer noch lächelnd an. »Ich halte mich stets an die Wahrheit. Das ist eines meiner Prinzipien.« Sie lachte. »Ich bin zu faul, mir dauernd irgendwelche Lügen zu merken! Das ist ausgesprochen anstrengend.«

»Interessante Maxime«, sagte Cosma. Wenn es stimmte, was Rika behauptete, unterschied sie sich dadurch auffallend von all ihren bisherigen Liebhaberinnen, die lügen wohl für eine Art Freizeitbeschäftigung gehalten hatten und die Wahrheit für ein überholtes System. Zumindest in Liebesdingen. »Ich –« Cosma hüstelte den Frosch aus ihrem Hals mühsam davon. »Ich würde vielleicht doch lieber … zuerst … einen Kaffee –«

Rika lächelte verständnisvoll. »Ich glaube, ich sollte jetzt gehen. Der Abend ist schon viel zu weit fortgeschritten für …«, sie zögerte leicht, »Kaffee.«

Cosma wußte nicht, was sie sagen sollte. Noch in der Bar hatte sie den Eindruck gehabt, daß eine Frau wie Rika sich eine solche Gelegenheit niemals entgehen lassen würde, und nun stand sie da, mit der Hand auf der Klinke, und sah fest entschlossen aus, das Haus, das sie gerade erst betreten hatte, wieder zu verlassen.

»Ich wollte damit nicht sagen, daß –« Cosmas Stimme versagte, weil Rika erneut ihre Hand genommen hatte und einen Kuß darauf hauchte.

»Du brauchst gar nichts zu sagen.« Sie blickte Cosma mit sanfter Miene ins Gesicht. »Ich wünsche dir eine Gute Nacht und süße Träume.« Damit drehte sie sich um, die Tür schnappte mit leisem Klicken hinter ihr ein, und wie ein Traum aus Tausendundeiner Nacht war sie verschwunden.

Am nächsten Morgen erwartete Cosma ein riesiger Blumenstrauß auf dem Schreibtisch in ihrem Büro.

»Der ist schon bei Dienstbeginn heute morgen hier abgegeben worden«, erläuterte ihre Kollegin mit einem kaum versteckten neugierigen Lächeln. Sie wollte ganz sicher unbedingt wissen, von wem die Blumen waren. Vielleicht wußte sie es auch schon. Zwischen den vollen Blüten steckte eine weiße Karte.

Cosma zog sie heraus. Sie wagte kaum zu atmen. Sie legte die Karte mit der beschriebenen Seite nach unten auf ihren Schreibtisch, ohne sie gelesen zu haben. Dann hängte sie erst einmal ihren Mantel auf.

Ihre Kollegin drehte enttäuscht in der Tür ab, und Cosma hörte ihre Schritte sich über den Gang entfernen. Sie ging zum Schreibtisch zurück und setzte sich. Sie starrte auf die weiße Karte, deren unbeschriebene Rückseite sie wie mit Röntgenblick zu durchdringen suchte. Als ihr dies – das war ja auch kaum zu erwarten gewesen – nicht gelang, drehte sie die Karte um. Ein paar schön geschwungene Buchstaben sprangen ihr entgegen. Es waren die Initialen von Frederika von Radegunds Namen. Darüber stand in weniger auffälliger Schrift: *Essen? Heute mittag? Falls ja: 12 Uhr bei DiMaggio.*

Cosma ließ sich in ihren Bürostuhl zurücksinken. Eine etwas nüchterne Einladung für einen so romantischen Strauß, fand sie.

Die Spannung fiel ein wenig von ihrem Körper ab. Woher wußte Frederika ihre Büroadresse? Sollte sie mit ihr essen gehen? Dann würde sie es vielleicht erfahren. Aber sie hatte sich letzte Nacht schon gefragt, warum sie noch einmal ihrem Schicksal entgangen war. Hieß es nicht genau dieses Schicksal versuchen, wenn sie nun auf diese Einladung einging? Gestern war sie noch einmal davongekommen; sie wußte, daß Frederika von Radegunds Ausstrahlung das kaum ein zweites Mal zulassen würde. Cosma fühlte sich enorm von ihr angezogen. Ihr ganzer Körper kribbelte, wenn sie nur an sie dachte. An die Berührung ihrer Lippen gestern abend –

Es gab nur eine Möglichkeit, die Wiederholung all der Katastrophen, die sie in der Liebe bereits erlebt hatte, zu verhindern: einer Frau wie Frederika gar nicht erst nahezukommen – oder sie nahekommen zu lassen. Sie ging nicht ins *DiMaggio* an diesem Tag, obwohl sie dort sonst des öfteren zu Mittag aß. Sie ließ sich etwas ins Büro kommen. In der Zeit zwischen zwölf und dreizehn Uhr wanderte ihr Blick immer wieder zur Uhr, aber sie blieb eisern. Gegen zwei Uhr entspannte sie sich etwas. Nichts war passiert.

Um vier Uhr klingelte ihr Telefon.

»Wie schade, daß du nicht gekommen bist«, sagte Frederikas anscheinend schon wieder amüsierte Stimme. »Hattest du keinen Hunger?«

»Ich habe im Büro gegessen«, erwiderte Cosma, nachdem sie sich von der ersten Überraschung erholt hatte. »Ich hatte so viel zu tun.«

»Ich habe über eine Stunde auf dich gewartet«, sagte Frederika, aber ihre Stimme klang nicht vorwurfsvoll, sondern immer noch nur leicht amüsiert. »Ich glaube, das ist die längste Zeit, die ich jemals auf eine Frau gewartet habe – die dann nicht gekommen ist.«

»Es tut mir leid«, sagte Cosma. Sie versuchte reserviert zu klingen, distanziert, unbeteiligt, wie bei einem Geschäftstermin, aber es gelang ihr kaum. Frederikas Stimme vibrierte im Telefonhörer, als wäre sie ihr nah, als berührten ihre Lippen wieder Cosmas Hals und ließen sie erbeben. »Ich – ich konnte wirklich nicht weg.« Sie bedeckte die Sprechmuschel des Gerätes mit einer Hand, um tief durchatmen zu können, ohne daß Frederika es hörte. Die fehlende Wahrheitsliebe, die sie sonst stets ihren Liebhaberinnen vorzuwerfen gehabt hatte, mußte sie nun wohl selbst für sich in Anspruch nehmen. Sie hatte eindeutig gelogen. Es ging leichter, als sie dachte. Vielleicht sollte sie noch einmal darüber nachdenken, ob sie ihren Ex-en nicht unrecht getan hatte.

»Wie wäre es mit heute abend?« fragte Frederika.

»Heute abend?« Cosma hatte das Gefühl, sie hätte etwas nicht mitbekommen.

»Um das Mittagessen nachzuholen, das dir die Arbeit gestohlen hat«, sagte Frederika.

»Ähm ... ja ... eigentlich –« Cosma ließ ihren Blick über die Schreibtischplatte schweifen. Konnte sie die Arbeit erneut vorschieben? Na ja, zur Not, aber ... schwerlich. Lügen war nicht gerade ihre starke Seite. Bei ihrem Suchen nach Ausreden blieb ihr Blick auf dem gigantischen Blumenstrauß hängen. Sie mußte plötzlich lächeln. »Die Blumen sind wunderschön«, sagte sie. »Woher wußtest du –?«

»Wohin ich sie schicken lassen sollte?« Frederika lachte selbstbewußt wie immer. »In deiner Diele liegen Visitenkarten – erinnerst du dich? Da steht deine Geschäftsadresse drauf.«

Cosma schluckte. »Du mußt gute Augen haben«, sagte sie verlegen.

Frederika lachte wieder. »Und das, wo ich so abgelenkt war! Ja, ich bin ein pures Chamäleon.« Sie wartete einen Moment. »Und? Was ist nun mit heute abend? Keine Lust?«

Schon das letzte Wort allein ließ Cosma erzittern, obwohl Frederika es bestimmt nicht zweideutig gemeint hatte.

Frederika fuhr überredend fort: »Irgendwann am Tag mußt du ja eine anständige Mahlzeit zu dir nehmen, wenigstens einmal. Oder liegt dir das *DiMaggio* nicht? Ich dachte, ich hätte dich dort schon einmal gesehen, aber wenn du woanders hingehen willst –«

»Du hast mich im *DiMaggio* gesehen?« Cosmas Verwunderung wuchs. Waren sie sich denn nicht ganz zufällig zum ersten Mal gestern in dieser Bar begegnet?

»Ja. Ich esse auch öfter dort. Und als ich dich dann gestern abend in dieser Bar sitzen sah, habe ich dich wiedererkannt. Es kam mir so vor, als wären wir uns gar nicht mehr fremd.«

Cosma seufzte. »Was ich von mir nicht gerade behaupten kann«, sagte sie etwas pikiert.

»Es tut mir wirklich leid. Ich hätte es dir vielleicht sagen sollen«, Frederika lachte schon wieder. »Aber ich hätte dich sowieso angesprochen, auch wenn das *DiMaggio* nicht gewesen wäre. Du bist einfach zu ... reizvoll.«

»Zweifelhaftes Kompliment«, erwiderte Cosma, immer noch verstimmt.

»Ganz und gar nicht«, protestierte Frederika sofort. »Ich meine es hundertprozentig ernst. Wie ich schon sagte: Ich lüge nie.«

»Das ist zweifellos ein unleugbarer Vorteil – wenn es denn stimmt.« Cosma wollte sich nicht so leicht geschlagen geben.

»Geh mit mir essen, und du wirst es schnell herausfinden«, sagte Frederika. »Soll ich dich abholen? Im Büro? Zu Hause?«

Cosma atmete erneut durch. Frederika überrollte sie einfach. Und das schlimmste daran war: Es gefiel ihr, Cosma, sogar. Es hatte ihr immer gefallen. »Ich muß heute sehr lange arbeiten«, versuchte sie sich noch einmal herauszureden.

»Also dann im Büro«, schlußfolgerte Frederika.

»Es wird aber spät.« Cosmas Stimme zitterte ein wenig. Ihr Widerstand brach langsam zusammen.

»Das macht mir nichts.« Frederika lachte. »Ich habe heute schon einmal über eine Stunde auf dich gewartet. Viel schlimmer wird es ja wohl kaum werden.«

Cosma konnte sich nicht enthalten, über Frederikas Hartnäckigkeit zu lächeln. »Steter Tropfen höhlt den Stein. Ist das dein Motto?«

Frederikas Lachen wurde noch fröhlicher. »So in etwa. Obwohl ich nicht finde, daß du sehr viel Ähnlichkeit mit einem Stein hast.« Sie machte eine kleine, kunstvolle Pause. »Ganz und gar nicht«, fügte sie dann leise flüsternd hinzu. Nun schien ihre Stimme zu zittern, aber nicht vor Schwäche. Sie strahlte eine ungeheure Stärke aus. »Ich komme vorbei«, kündigte sie zum Schluß an. Wieder erhellte ein kleines Lachen ihre Stimme. »Lauf nicht weg.« Dann legte sie auf.

Weglaufen? Gute Idee. Sogar eine sehr verführerische Idee, mußte Cosma sich eingestehen, als sie ebenfalls den Hörer weglegte. Immer noch spukten Gestalten aus ihrer Vergangenheit in ihrem Kopf herum. Gestalten, die sich beinahe ebenso in ihr Leben gedrängt hatten wie Frederika jetzt. Und die sie mehr oder weniger lange nicht mehr losgeworden war. Auch wenn der Reiz des Neuen sie immer wieder darüber hinweggetäuscht hatte: All diese Beziehungen waren von vornherein zum Scheitern verurteilt gewesen. Und Frederika – nun, Frederika drängte sie vielleicht auch zu etwas, das nicht gut für sie war. Verlangte zu schnell zu viel von ihr.

»Dein Schreibtisch sieht doch schon ganz gut aus.«

Cosmas Kopf fuhr mit einem Ruck in die Höhe. Frederika stand in der Tür ihres Büros. Es war bereits dunkel draußen.

»Wo kommst du denn her? Wie bist du hier hereingekommen?« Der Haupteingang war normalerweise mit einer Rezeptionistin besetzt, an der man nicht so leicht vorbeikam, außer natürlich – man besaß Frederikas Charme. Cosma unterdrückte ein Lächeln.

»Die junge Dame am Eingang wollte nach Hause gehen. Da habe ich die letzte Chance genutzt«, sagte Frederika und bestätigte mit ihrem Gesichtsausdruck Cosmas Vermutung vollständig.

»Die Pforte ist eigentlich dazu da, ungebetene Besucher abzuhalten«, rügte Cosma mit ernster Miene, die ihr einiges an Beherrschung abverlangte.

»Ungebeten?« Frederika kam auf sie zu. »Ich habe doch gesagt, daß ich dich abhole.«

»Ja, hast du. Aber ich bin noch nicht ganz fertig –« Cosma wollte weitersprechen, doch es gelang ihr nicht. Frederikas Nähe verschlug ihr die Rede.

Sie stand plötzlich ganz nah vor ihr, beugte sich über ihren Sessel. »Ich glaube, das hat Zeit bis morgen«, sagte sie rauh. Ihre Augen musterten Cosmas Gesicht und suchten die Bestätigung ihres eigenen Verlangens darin.

Vermutlich fanden sie sie, so wie Cosma sich fühlte. Ihre zitternden Knie hätten sie kaum aufrechtgehalten, wenn sie nicht schon gesessen hätte. Ihr ganzer Körper sehnte sich nach Frederikas Berührung. Frederikas Ausstrahlung machte sie so schwach, wie sie es nie für möglich gehalten hätte. Dennoch versuchte sie sich dagegen zu wehren. Sie schob die Rollen ihres Stuhles zurück, so daß Frederika um ihr Gleichgewicht kämpfen mußte und ihn losließ.

Cosma stand schnell auf, bevor sie ihr folgen konnte. »Ich – Frederika …«

»Rika«, korrigierte Frederika sanft.

»Rika …« Cosma rang die Hände. »Ich bin zu dem Schluß gekommen, daß ich so schnell nach meiner letzten Beziehung nicht schon wieder eine neue will. Ich habe noch –«, sie lachte nervös, »daran zu knabbern, weißt du. Es war nicht einfach, und ich möchte nicht schon wieder in eine solche Situation geraten.«

Rika verzog anzüglich die Lippen. »In was für eine Situation?«

»Ich … du weißt schon.« Cosma trat einen weiteren Schritt zurück. »Wie gestern.«

Rikas Lippen verzogen sich noch mehr. »Wie gestern. War denn etwas – gestern?«

Cosma starrte fassungslos in Rikas Gesicht.

»Ich bin froh, daß mir deine Reaktion bestätigt, daß da etwas war«, sagte Rika leise und schlich sich wie eine Pantherin an Cosma heran. »Ich hatte schon Angst, daß ich mich geirrt hätte. Daß du mich nie mehr wiedersehen wolltest. Als du heute mittag nicht kamst …«

»Du hast mich tatsächlich vermißt?« fragte Cosma bebend. Bislang war ihr Rika immer so vorgekommen, als ob sie ein Spiel spielte, als ob sie nichts wirklich ernstnahm, sie nichts verletzen könnte. Ihre Sehnsucht machte sie sympathischer, menschlicher.

»Sehr«, sagte Rika weich, »schon seit gestern.«

»Und trotzdem bist du gegangen?«

»Du warst – es war nicht dein Wunsch wie es meiner war. Das habe ich gespürt.« Rika strich über Cosmas Gesicht, so zart, daß Cosma es kaum wahrnahm. Dennoch schloß sie die Augen.

Die Berührung war genau das, was sie sich die ganze Zeit gewünscht hatte, und dennoch wäre sie immer noch gern weggelaufen, um nicht wieder in irgendwelche Abhängigkeiten zu geraten. Sie konnte sich nicht mehr wehren. Rikas Atem streichelte ihre Wangen, ihre Lippen suchten Cosmas Mund.

Sie riß die Augen auf, wollte ihre Lippen verschließen, Rika wegstoßen, ihr empört die Tür weisen, aber statt dessen öffnete sie sie und ließ sich küssen. Sie schloß die Augen erneut und versank in Rikas Kuß. Ihre Lippen bereiteten ihr unsägliches Vergnügen, bevor sie ihren Mund verließ und langsam an ihrem Hals hinunter auf ihre

Schulter wanderte. Cosma seufzte. Ein süßes Sehnen durchzog ihren Körper.

»Du bist so schön«, flüsterte Rika, »so wunderschön.«

Cosma legte den Kopf zurück und genoß Rikas Berührungen. Ihre Lippen wanderten weiter zu Cosmas Dekolleté, und Cosma spürte die Reaktion in sich. Nach außen bekam sie eine Gänsehaut. Sie seufzte erneut.

Rika zog sie näher zu sich heran. Ihre Hände glitten an Cosmas Rücken hinab und fuhren an ihren Seiten wieder hinauf, bis sie ihre Brüste berührte.

Cosma biß sich auf die Lippen, um nicht zu stöhnen. So leicht wollte sie es ihr nicht machen. In ihr tobte bereits ein Feuersturm. Ihre Brustwarzen drückten sich durch den Stoff des Kleides. Rika fuhr mit ihren Händen darüber, und nun konnte Cosma es nicht mehr unterdrücken. Sie stöhnte leise auf.

»Süße«, flüsterte Rika. Sie glitt an ihr hinab und versuchte, ihr Kleid hochzuschieben.

»Nicht«, protestierte Cosma erschreckt. »Nicht so. Bitte.«

Rika lachte. »Ist dir das Kleid zu schade?« fragte sie. Sie kam wieder nach oben. »Es ist ohnehin zu eng. Es geht nicht«, flüsterte sie. Sie glitt mit ihren Händen wieder auf Cosmas Rücken und suchte den Reißverschluß, zog ihn auf.

Das Kleid löste sich sofort von Cosmas Oberkörper. Unten saß es noch eng wie eine zweite Haut.

»Mein Gott!« flüsterte Rika, als das Kleid lose auf Cosmas Taille fiel und ihren BH freigab.

Cosma stand nur hilflos da. Sie konnte sich nicht rühren. Die Gefühle überwältigten sie. Sie legte den Kopf gegen die Wand zurück.

Rika griff wieder in ihren Rücken und öffnete den BH, zog ihn ihr aus. Sie holte tief Atem. »Cosma«, flüsterte sie erneut.

Sie trat auf Cosma zu und küßte sie heftig, drang in sie ein. Ihre Zunge füllte Cosmas Mund aus und entlockte ihr atemlose Seufzer. Rika drückte ihre Hüften gegen sie, und selbst durch den Stoff des Kleides spürte Cosma, was bei ihr los war.

Sie fühlte, wie ihre Hüften antworteten, auch ohne sie um Erlaubnis zu fragen. Sie drängten sich gegen Rikas, weil Cosma sie spüren wollte, weil sie sich danach sehnte, sie in sich aufzunehmen. »Rika«, flüsterte sie. »Rika ...«

Rika suchte ihren Po und umfaßte ihn fest. Sie drückte sie noch mehr an sich. Ohne den Stoff dazwischen hätte sie schon fast in sie eindringen können. Cosma hörte ihren Atem schneller werden. Ihr eigener Atem ging nur noch stoßweise. Rika fand die Haken, die das Kleid in der Taille noch an seinem Platz hielten. Sie öffnete sie und schob Cosma das Kleid von den Hüften. Es fiel hinab zu ihren Füßen. Nun trug sie nur noch ihren Slip.

Rika sank wieder vor ihr in die Knie und preßte ihren Mund auf Cosmas Slip, genau im Schritt. Cosma fühlte ihren heißen Atem, der schon fast in sie eindrang. »Rika ...«, flüsterte sie wieder. Die Hitze auf ihrer Haut ließ sie erschauern.

Rika glitt mit ihren Fingern links und rechts in den Bund des Slips und zog ihn ihr herunter.

»O Rika, nein«, flüsterte Cosma. »Nicht so. Nicht hier. Bitte. Bitte nicht ...« Ihre Augen suchten voller Panik die Wände ihres Büros ab. Auf einmal war ihr wieder bewußt geworden, wo sie sich befand. Aber sie konnte sich nicht wehren. Sie fühlte sich zu schwach.

Rika kam wieder hoch. »Was willst du nicht?« fragte sie leise, während sie sie mit flüchtigen Küssen bedeckte.

Cosma konnte kaum sprechen. »Das – das ist mein Büro. Wir können doch nicht ... es könnten noch Leute im Haus –« Sie brach ab.

»Es ist niemand mehr da. Die junge Dame an der Pforte hat mir das gesagt. Heute sind alle früher gegangen wegen des Feiertags morgen. Alle bis auf dich.« Rikas Stimme klang beruhigend. »Du brauchst dir keine Sorgen zu machen.« Sie hob Cosma an und setzte sie auf den Schreibtisch. »Niemand wird kommen, nicht mal die Putzfrauen.« Sie schob sich zwischen Cosmas Beine.

Cosma spürte, wie ihre Schenkel von Rikas Hüften auseinandergeschoben wurden, wie ihre Mitte sich öffnete. Ihre Brüste schmerzten vor Sehnsucht und sandten erwartungsvolle Strahlen in ihren Bauch hinunter. Ihr Kopf begann zu hämmern, rauschende Ströme zogen hindurch und benebelten all ihre Sinne.

Rikas Lippen zupften weich an Cosmas; ihre Zunge drang sanft in ihren Mund ein und erregte sie noch mehr. Eine Hand strich über die Rundung von Cosmas Brust, suchte die Mitte, strich darüber, bis Cosma scharf die Luft einzog. Rikas Mund glitt hinab, bis ihre Lippen die Brustwarze umschließen konnten. Cosma stöhnte auf. In ihrem Büro! Auf ihrem Schreibtisch! Sie konnte es kaum fassen. Noch nie hatte sie hier irgend etwas anderes getan als zu arbeiten.

Die warmen Ströme zogen durch ihren Körper, immer aufbrausender und wilder, je mehr Rika sie reizte. Cosma hob ihre Schenkel an und legte sie um Rikas Hüften. Dadurch öffneten sich ihre Schamlippen noch mehr, und sie spürte die Feuchtigkeit, die sich bereits gesammelt hatte. »Rika ...«, flüsterte sie matt.

»Meine Kleine ...«, wisperte Rikas Stimme von unten zurück. »Meine süße Kleine ...« Sie ließ Cosma langsam auf den Schreibtisch sinken und beugte sich über sie. Sie streichelte ihre Brüste, fuhr über die Brustwarzen und senkte dann ihren Kopf darauf. Sie leckte mit ihrer Zunge darüber, knabberte an ihnen, lockte sie noch weiter hervor.

Cosma seufzte. Sie fühlte ein unwiderstehliches Kribbeln, eine Hitze, eine Sucht nach mehr. Es war angenehm, und sie genoß es. Ihre Hüften schoben sich ganz von selbst Rika entgegen.

Rikas Hand glitt nach unten, tastete sich weiter vor, und Cosma fühlte ihre Lippen und ihre Zunge an ihrer Brust, während sie vorsichtig ihre Schamlippen streichelte, sie sanft öffnete und ein wenig mit einem Finger eindrang.

Cosma stöhnte »Ja ...« Ihre Hüften begannen sich automatisch zu bewegen. Sie wollte mehr von Rika spüren, ihre Hitze stieg so sehr an, daß sie kaum mehr wußte, was sie tun sollte. »Bitte ...«, flüsterte sie schwach, »bitte ...«

Rika verwöhnte ihre beiden Brüste gleichermaßen, immer abwechselnd, und ihre Hand zwischen Cosmas Beinen streichelte sie süß und verlockend. Cosma öffnete ihre Schenkel automatisch noch weiter, weil es so angenehm war. Sie spürte, wie Feuchtigkeit von innen nach außen drang. Immer mehr Feuchtigkeit. Nässe. So naß war sie schon lange nicht mehr gewesen.

Auf einmal spürte sie einen Druck oberhalb ihres Einganges. Rikas Daumen kreiste sanft auf ihrer Perle. Cosma biß sich auf die Lippen, um nicht laut zu schreien. Auch wenn Rika ihr versichert hatte, daß niemand mehr da war, aber sie konnte sich nicht einfach so gehenlassen, hier in ihrem Büro. Sie sah die Gesichter ihrer Kollegen vor sich, wenn sie jetzt hereingekommen wären. Ihre Hüften zuckten heftig. Ihre Perle erhob sich immer mehr aus den sie schützenden Falten. Sie wurde hart und steif. Cosmas Hüften zuckten nun bei jeder Berührung. Sie wollte es nicht, aber sie konnte nichts dagegen tun. Es war jedesmal wie ein leichter Stromschlag. Nein, nicht nur ein leichter. Das war mindestens Starkstrom. Sie öffnete ihre Lippen und stöhnte unterdrückt, um wenigstens etwas von der Spannung herauszulassen.

»Ja, meine Süße, laß dich gehen«, flüsterte Rika zärtlich.

Ihr Mund an Cosmas Brust schuf eine Verbindung zwischen den beiden Punkten. Cosma hatte das Gefühl, es zögen noch mehr Ströme durch ihren ganzen Körper, heiße, feuchte, zuckende Ströme der Lust, wie Lava, die sich immer mehr erhitzte. Cosmas Brustwarzen standen hart hervor. Steif wie Kieselsteine. Sie spürte, wie ihre ganze Brust anschwoll, und auch zwischen ihren Beinen schien das Fleisch immer heißer und größer zu werden, der Eingang sich von allein immer mehr zu öffnen und aufzuquellen. Rikas Finger glitt leicht hinein. Cosma spürte ihn kaum.

Sie konnte ihre Hüften nur noch schwer kontrollieren. Sie wand sich Rika entgegen. Es zog schmerzhaft zwischen ihren Beinen. »Komm … bitte …«, flüsterte sie.

Rikas Zunge leckte erneut über ihre Brustwarze, und sie fühlte es heiß in ihren Bauch zucken, sich etwas anstauen, verkrampfen.

»Oh, Rika, Rika … bitte …«, flehte sie sehnsuchtsvoll.

»Nein, mein Schatz, jetzt noch nicht«, flüsterte Rika zurück. Dann senkte sie erneut ihre Lippen auf ihre Brust, und Cosma stöhnte auf. Sie hatte keine andere Wahl. Rika glitt mit ihrem Finger immer wieder in sie hinein und dann wieder aus ihr heraus, ihr Daumen flutschte schnell und immer schneller über ihre Perle, ihre Zunge brachte ihre Brustwarzen zum Glühen. In ihrem Inneren, unter ihrem Finger, kitzelte es teuflisch, verband sich mit dem Kitzeln von oben, das ihre Perle hineinsandte, staute sich immer mehr an.

»Rika, Rika …«, flüsterte sie fast schon lautlos vor Schwäche. »Bitte … bitte … laß mich doch …« Die Qual war unerträglich.

Rikas Finger wurden immer wilder, ebenso wie ihre Zunge.

Cosma fühlte den Schmerz in ihren Brüsten, den Schmerz in ihrem Inneren, ihre Perle brannte. »Ja, ja, ja ...«, flüsterte sie, »o mein Gott, ja ...« Sie warf ihren Kopf hin und her und versuchte, Rika zu entkommen und sich ihr gleichzeitig entgegenzustrecken, wand sich unter ihrer Hand, die sie festhielt. »Ja«, flüsterte sie wieder, während eine Flutwelle in ihr anstieg, von der sie noch nicht einmal etwas geahnt hatte. »Ja ... bitte ... ja ... oh ... oh ... oh ...« Ihre Stimme wurde schwächer und die Bewegungen ihrer Hüften wurden unkontrollierter. Die Qual ließ sie laut aufstöhnen. »Oh, oh ... ja, o mein Gott, ja ...« Ihre Hüften zuckten und wanden sich, Rika mußte sie herunterdrücken. Cosma kreiste mit dem Becken im Gleichklang mit ihren Fingern. Sie stieß ihre Hüften in die Luft. Auf einmal erstarrte sie und stöhnte tief und dumpf auf. Sie sank zusammen, und gleich darauf zuckte sie unter Rikas Fingern noch einmal hoch. »O mein Gott, Rika ...«, stöhnte sie. Kleine, spitze Schreie kamen aus ihrem Mund, die immer lauter wurden, sich mit ihrem Stöhnen mischten und einigen schwachen Seufzern. Dann spreizte sie weit ihre Beine und kam erneut, diesmal mit einem langen Schrei. Sie blieb keuchend mit geschlossenen Augen liegen.

Rika erhob sich ein wenig und streichelte sie.

Süß ermattet und entspannt lag Cosma da, zufrieden und ausgelaugt, und gleichzeitig so voller peinlicher Verlegenheit. Sie wollte Rika nicht in die Augen blicken, ihren spöttischen Blick sehen, der sich über sie lustig machte, weil sie ihr so ausgeliefert gewesen war, weil sie sich nicht beherrschen konnte, weil sie sich ihr so bedingungslos hingegeben hatte, obwohl sie sie kaum kannte.

Rika küßte sie sanft auf die Lippen. »Du sahst wunderbar aus eben«, flüsterte sie zärtlich. Sie streichelte ihr Gesicht. »Du bist wunderschön.« Ihre Stimme klang so weich, wie Cosma sie bislang noch nie gehört hatte.

Cosma schlug die Augen auf. Sie sah Rikas liebevolles Lächeln über sich. Gar nicht belustigt, einfach nur sanft und zart und gütig. Cosma lächelte auch. Die Harmonie in ihr ließ nichts anderes zu. »So schwer habe ich auf meinem Schreibtisch noch nie gearbeitet«, sagte sie.

Rika lachte. »Das kann ich mir vorstellen!« Ihre Hand glitt an Cosmas Seite entlang tiefer und streichelte ihre warme Haut, ließ sie erneut erzittern. »Oh?« machte Rika fragend.

»Ich – nein, warte!« stieß Cosma hervor, aber Rika glitt schon zwischen ihre Beine, und im nächsten Moment spürte sie Rikas Mund auf ihren geschwollenen Schamlippen.

»Mein Gott, bist du schön!« hauchte sie bewundernd. Ihre Zunge fuhr in Cosma hinein.

Cosma stöhnte auf. »O Rika, bitte ... wenn du irgend etwas für mich empfindest, nur ein wenig Respekt, dann bitte, hör auf ...«

»Ich respektiere dich. Ich respektiere jeden Zentimeter an dir.« Rika lachte. »Aber das hier hat damit überhaupt nichts zu tun.«

Rikas Zunge drang lang in sie, streichelte ihr Inneres, glitt wieder nach außen, streichelte ihre Schamlippen und tastete sich weiter nach oben.

Cosma fühlte ihre Zunge in sich wie ein glühendes Band, wie eine Verheißung. Sie war doch eben gerade gekommen, sie konnte doch nicht schon wieder – aber sie konnte. Rika küßte sie zwischen den Beinen, streichelte sie mit ihrer Zunge, verwöhnte ihre Perle, bis sie so angeschwollen war, daß sie einer Murmel gleichen mußte, lockte die Nässe aus ihr hervor. Im nächsten Moment durchzuckte es sie wie ein Schlag, als Rika ihre Perle erneut reizte, sie zuckte hoch und schrie. Die Hitze sammelte sich schon wieder in ihrem Bauch, zwischen ihren Beinen. Es zuckte und pochte in ihr, verkrampfte und entkrampfte sich, ununterbrochen. Sie spürte Welle um Welle, stöhnte, schrie, wand sich, sie wußte nicht mehr, was sie tat. Sie war Wachs in Rikas Händen oder vielmehr unter ihrer Zunge.

»Nicht, Rika, bitte ... nicht ...«, keuchte sie endlich. Sie versuchte, ihren Kopf wegzudrücken. »Wirklich, Rika, ich kann nicht mehr ... bitte ... hab Erbarmen ... ich kann nicht mehr ...« Ihre Stimme versiegte.

Rika gehorchte endlich ihrem Wunsch und ließ sie ruhen. Nach einer Weile küßte sie Cosma auf die Nase. »Ich habe einen Tisch bestellt«, flüsterte sie in ihr Ohr. »Da kannst du dich wieder stärken. Du hast dich wirklich sehr verausgabt.« Sie lachte leise. »Meine süße Kleine«, setzte sie zärtlich hinzu.

Cosma sah Rikas Gesicht über sich und streichelte ihre Wange. Eine wohlige Wärme durchzog sie – und die resultierte nicht nur aus der körperlichen Erschöpfung. »Und du?« fragte sie. »Willst du nicht –?«

Rika lächelte. »Ich kann warten«, sagte sie. »Du hast mir schon mehr gegeben, als ich erhofft hatte. So schnell.« Sie richtete sich auf.

So schnell. Cosma zuckte ein wenig zusammen bei der Formulierung. Rika war vielleicht eine von jenen Frauen, für die eine Frau nur so lange interessant war, wie sie nicht mit ihnen geschlafen hatte. Danach – nun ja, das konnte man nie wissen. Sie würde es ja merken, beim Essen. Sie zog sich rasch an.

Sie saßen später beim Dessert, als Cosma es nicht mehr aushielt. »Rika«, fragte sie, »was empfindest du für mich? Wolltest du nur – mit mir schlafen?«

Rika sah sie an. »Hattest du den Eindruck?« fragte sie zurück.

»Ich – ich weiß nicht. Ich habe dir ja erzählt, daß ich nicht die besten Erfahrungen mit Frauen gemacht habe, die –«

»Die was?« Rika zog in der bekannten Art spöttisch die Augenbrauen hoch. Sie wartete eine kleine Weile, dann ergänzte sie: »Die so sind wie ich? Wolltest du das sagen? Die dich so schnell verführt haben? Ist es das?« Sie wirkte ganz ruhig und stach mit der Gabel ein kleines Stück von ihrem Tiramisu ab, aber sie aß es nicht. Sie schien gespannt auf Cosmas Antwort zu warten.

»So – so ähnlich«, stammelte Cosma errötend. »Ich wollte nie wieder – ich meine, man sollte sich erst einmal kennen, bevor man miteinander ins Bett steigt.«

Rika schmunzelte. »Oder auf den Schreibtisch?«

Cosma errötete noch mehr. »Das war – das hätte ich niemals tun sollen. Wie kannst du mich jetzt noch respektieren?« In einer plötzlichen Phantasie sah sie das Bild vor sich, das sie geboten haben mußte, dort auf ihrem Schreibtisch, mit gespreizten Beinen und Rika über ihr, zwischen ihren Schenkeln. Es war, als ob ein Spiegel an der Decke gehangen hätte, der das Bild verewigte. Ihre Wangen mußten wie mit Blut übergossen sein.

»Du schämst dich?« fragte Rika.

Cosma antwortete nicht. Sie senkte nur den Blick auf ihren Teller, auf dem das Dessert immer noch darauf wartete, gegessen zu werden.

Rikas lächelnde Stimme sagte: »Du bist süß. Du bist so süß wie keine Frau, die ich je gekannt habe. So bestimmt und dann wieder so schüchtern – wie jetzt. Ich weiß nicht, wie du das machst, wie du das vereinbaren kannst, aber ich finde es einfach ... zauberhaft. Du bist eine bezaubernde Frau, die bezauberndste Frau, die ich je getroffen habe. Wie soll ich dir nur klarmachen, was das für mich bedeutet?« Sie machte eine kleine Pause. »Es bedeutet auf jeden Fall mehr als Sex, das kann ich dir versichern. Ich wollte dich verführen, das stimmt. Ich habe mich sehr danach gesehnt, dich im Arm zu halten, dich zu berühren, dich zu küssen. Das streite ich gar nicht ab. Aber was ich eigentlich möchte ist dich zu lieben. Dich lieben zu dürfen. Bei dir zu sein.«

Cosma hob ganz erstaunt den Kopf. Rikas Tonfall hatte so ernst geklungen, fast bittend. »Das wünschst du dir? Bei mir zu sein?«

Rika nickte. »Ja. Ganz einfach nur in deiner Nähe. Dich anschauen zu dürfen, mit dir zu reden, mit dir zu lachen. Das wäre das Schönste, was ich mir vorstellen kann.«

Jetzt mußte Cosma doch schmunzeln. »Und kein Sex?«

Rika schüttelte leise lachend den Kopf. »Das habe ich nicht gesagt. Meinetwegen Sex von morgens bis abends, sehr gern sogar. Aber wenn du mich fragst, ob das für mich das wichtigste an einer Beziehung zu einer Frau ist, dann muß ich antworten: nein.«

Cosma biß leicht kokett auf ihre Unterlippe. »Ich bekomme gerade große Lust, dich vom Gegenteil zu überzeugen«, sagte sie.

Rika schaute sie interessiert an. Ihre Augen glänzten im Widerschein der schummrigen Restaurantbeleuchtung. »Ich habe überhaupt nichts dagegen, mich davon überzeugen zu lassen«, entgegnete sie leise. »Zu mir oder zu dir?«

Cosma lächelte leicht. »Ich möchte gern sehen, wie du wohnst. Falls es nicht zu weit weg ist«, schränkte sie sofort ein, »dann gehen wir lieber zu mir.«

Rika unterdrückte ein lautes Lachen, indem sie sich die Serviette vor den Mund preßte. »So schlimm ist es schon wieder? Nein, ich wohne nicht weit. Wir können gern zu mir gehen.«

Cosma stand auf. »Dann aber schnell«, sagte sie.

Ruth Gogoll

Die Professorin

Ich hatte an diesem Morgen einen Besprechungstermin für das Seminar, an dem ich in diesem Semester teilnehmen wollte. Schon vor Monaten hatte ich mich in die Liste eingetragen, weil es sonst hoffnungslos war, eine Chance auf einen der wenigen Plätze zu ergattern.

Aber damit nicht genug: Jede Teilnehmerin und jeder Teilnehmer mußte ein Thema bearbeiten, *bevor* das Seminar begann. Und um dieses Thema abzusprechen, mußte ich erst einmal zu der Professorin, die das Seminar veranstalten würde. In ein paar Wochen, am ersten Tag des Semesters, würde sie erst offiziell beginnen. Sie war bisher an einer anderen Uni gewesen. Doch um die Themen zu vergeben, kam sie schon einmal in den Semesterferien in ihr neues Büro, das sie dann beziehen würde.

Ich wälzte mich bereits um neun Uhr aus dem Bett – eine mörderische Zeit, wenn man seit Jahren an der Uni war und kaum je vor Mittag aufstand –, um den Termin um zehn Uhr bei ihr wahrzunehmen. Der Spiegel sagte mir, daß das vermutlich keine gute Idee gewesen war, aber nun war es zu spät, den Termin noch auf den Nachmittag zu verlegen. Ich hatte auch gar keine Wahl gehabt. *Sie* hatte die Termine festgelegt – oder vielmehr ihre Sekretärin.

Ich mochte sie jetzt schon nicht, diese Professorin, auch wenn ich sie noch gar nicht kannte. Ihr Seminar hatte sie ebenfalls auf den Vormittag gelegt, und so würde ich mich das ganze Semester über wie gerädert fühlen, weil ich zu wenig Schlaf bekam. Ich haßte sie! Wie konnte sie mir das antun?

Aber das half mir jetzt nicht weiter, auch wenn mir der Kopf noch von dem Wein von gestern abend dröhnte. Ich mußte hin und mir mein Thema abholen, sonst würde sie mich aus dem Seminar werfen. Ich hatte gehört, daß sie da nicht besonders zimperlich war. Bei ihr mußte man wirklich arbeiten. Leider war das Angebot für DoktorandInnen sehr knapp bemessen an unserer Uni, und so war mir gar nichts anderes übriggeblieben, als ihr Seminar zu wählen, obwohl mir schon jetzt davor graute.

Ich löste eine Menge Aspirin in einem Glas Wasser auf und schüttete es mit Todesverachtung hinunter. Hoffentlich half das was, schmecken tat es schon schlimm genug. Noch ein Punkt auf der Minusseite der Liste, die ich im Kopf bereits für diese *Frau Professor Doktor* anlegte ...

Nachdem ich meinen Kopf noch eine Weile unter das kalte Wasser der Dusche gehalten hatte, dröhnte er nicht mehr ganz so – vielleicht wirkten mittlerweile auch die Aspirin –, und ich sah zumindest ganz passabel aus, nicht mehr so verquollen wie direkt nach dem Aufstehen.

Jetzt mußte ich mich aber beeilen. Sie mochte es überhaupt nicht, wenn man zu spät kam, hatte ich gehört. Sie war eine ganz Scharfe, flüsterte man hinter vorgehaltener Hand und bedauerte hämisch grinsend die Armen, die an ihrem Seminar teilnehmen mußten.

Nun ja, da mußte ich durch. Ein Semester war nicht so lang, und danach: Auf Nimmerwiedersehen, Frau Professor!

Ich schwang mich aufs Rad und radelte zur Uni hinüber. Sie war nicht weit entfernt. Ich wohnte ganz in der Nähe. Weite Wege hatte ich schon immer gehaßt.

Als ich die Uni erreichte, hatte ich nicht mehr viel Zeit. Ich mußte noch die langen Gänge durchqueren, also würde ich es gerade mal so schaffen.

Die Sekretärin saß hinter ihrem Schreibtisch, als ich das Vorzimmer betrat. Sie wirkte adrett wie immer. »Nehmen Sie noch einen Augenblick Platz«, lächelte sie mich unverbindlich an. »Sie telefoniert noch.«

Einige Zeit später erlosch das Lämpchen an der Telefonanlage. Die Sekretärin stand auf. »Frau Juretz ist hier. Sie hat einen Termin«, sprach sie durch die halbgeöffnete Tür mit der mächtigen Inhaberin des Lehrstuhls. Sie steckte gerade nur mal ihren Kopf hinein. Ich hörte die Antwort nicht, aber die Sekretärin drehte sich zu mir um und öffnete mir die Tür ein Stück weiter. »Bitte schön«, sagte sie.

Ich betrat den dunklen Raum und nahm erst einmal kaum etwas wahr. Die Deckenbeleuchtung brannte nicht. Der Raum wurde nur von dem Licht erhellt, das durch ein großes Fenster am anderen Ende, direkt gegenüber der Tür, hereinfiel. Der Kontrast war so stark, daß die Person, die vor dem Fenster hinter einem riesigen Schreibtisch saß, nur in schwarzen Umrissen zu erkennen war. Das mußte die allgewaltige Frau Professor sein, das Ekelpaket.

Langsam gewöhnte ich mich an das Licht und wunderte mich, daß sie nichts sagte. Ich konnte sie zwar immer noch nicht erkennen, aber ich hatte immerhin »Guten Tag« gesagt. Noch nicht einmal diesen Gruß erwiderte sie. Eine pedantische und zudem eine unhöfliche Person. Sie wurde mir immer unsympathischer.

Nach einer Weile stand sie auf und kam hinter dem Schreibtisch hervor. Ich erstarrte. »Du?« Ich korrigierte mich schnell. »Ich meine, Frau Professor Berger – Sie?«

»Das ist ein bißchen überraschend, nicht?« lächelte sie amüsiert.

Ich starrte sie nur stumm an. »Ja«, stammelte ich dann ein wenig überrumpelt. Das war wirklich ein unerwartetes Zusammentreffen. Wir hatten einmal eine Nacht miteinander verbracht, vor zirka einem Jahr, in einer anderen Stadt. Ihren Nachnamen hatte ich nie gekannt und sie meinen auch nicht. Ebensowenig, wie ich wußte, was sie von Beruf war. Das hatte damals, in jener Nacht, keine große Rolle gespielt.

»Du bist in meinem Seminar?« fragte sie jetzt immer noch amüsiert.

Ich war garantiert rot geworden. In dem Moment, als ich sie sah, war mir wieder eingefallen, was wir damals miteinander gemacht hatten, das heißt, ich hatte es eigentlich nie vergessen, denn ich hatte mich ein bißchen verliebt in sie in jener Nacht. Na ja, vielleicht mehr als nur ein bißchen. Ich hätte sie gern wiedergesehen, aber darauf schien sie keinen Wert zu legen. Sie hatte mir keinen Namen gegeben, keine Adresse, keine Telefonnummer. Es war eindeutig gewesen: Sie wollte nur diese eine Nacht, sonst nichts. Ich hatte seither mehr als einmal an sie gedacht und davon geträumt, sie wiederzusehen, aber daß es hier geschehen würde, an der Uni, in einer solchen Situation, die uns beiden nicht besonders angenehm sein konnte, das hätte ich mir wahrlich nicht träumen lassen.

»Ähm, ja«, stotterte ich wieder wenig eindrucksvoll herum, »die Themen – du hast – Sie haben – Sie wollten –« Es war hoffnungslos. Ich wußte nicht, wie ich sie ansprechen sollte. Am liebsten hätte ich so getan, als ob wir uns gar nicht kannten, aber dem hatte sie ja schon einen Riegel vorgeschoben. Sie hatte mich geduzt, genau wie in jener Nacht, als es kein Problem gewesen war. Aber jetzt, nachdem ich wußte, wer sie war, konnte ich es fast nicht mehr. Ich stellte mir vor, wie es jetzt wäre, wenn wir erneut miteinander im Bett landen würden. »Wie hätten Sie's denn gern, Frau Professor? Von vorne oder von hinten?« Ich hätte fast laut losgelacht bei der Vorstellung, aber das Lachen blieb mir im Halse stecken, denn ich spürte, daß die Idee, erneut mit ihr ins Bett zu gehen, in mir Fuß faßte. Es kribbelte. *O Gott, nein! Doch nicht jetzt. Nicht hier!*

Sie hatte da offenbar überhaupt keine Probleme. »Du willst dein Thema, ich weiß«, sagte sie unbeeindruckt, ganz die Professorin. »Bleib ruhig beim Du, das ist wohl angemessener nach dem, was …« Sie zögerte nur einen winzigen Moment, »… passiert ist«, fuhr sie dann fort. »Im Seminar wäre es dann aber wohl besser, wenn wir uns siezen. Überhaupt hier an der Uni.« Sie ging hinter ihren Schreibtisch zurück. »Ich habe dein Thema hier. Oder willst du dir ein anderes aussuchen?« Sie reichte mir eine Liste herüber, die ich ganz benommen aus ihrer Hand entgegennahm.

Wie konnte ich jetzt noch an ihrem Seminar teilnehmen? dachte ich verwirrt. Ich würde an nichts anderes denken als an – damals; würde sie immer wieder vor mir sehen, nackt, sich windend, stöhnend. Mir wurde heiß. Die Namen und Themen auf der Liste verschwammen vor meinen Augen. Einer davon mußte meiner sein, mein Name und das Thema, das sie für mich bestimmt hatte, ohne zu wissen, wer ich war. Ich konnte es nicht erkennen. »Es tut mir leid«, sagte ich. »Ich kann das nicht lesen. Kannst du es mir sagen?«

»Du kannst nicht lesen?« Ihre Stimme klang höchst amüsiert, noch viel amüsierter als zuvor. Ihr schien die Situation großen Spaß zu machen. Mir nicht. »Bist du da an der Uni in einem Doktorandenseminar nicht ein bißchen falsch?« Sie hörte sich an, als würde sie gleich laut loslachen.

»Seien Sie bitte so gut, Frau Professor, und nehmen Sie mich nicht auf den Arm«, erwiderte ich steif. Ich wollte sie nicht mehr duzen. Das schien so unangemessen, und es deutete eine Nähe zwischen uns an, die es einfach nicht gab. »Die Situation ist für uns beide äußerst unangenehm, wie ich finde. Nur gehen wir anscheinend damit sehr verschieden um. Leider kann ich das Seminar nicht sausen lassen, weil ich es brauche. Ich habe keine andere Wahl. Deshalb wäre es am besten, wenn wir so tun, als ob wir uns nicht kennen.« Wir kannten uns ja eigentlich auch nicht. Ich kannte ihren Körper, ich erinnerte mich an ihre Brüste, an ihren Mund, an ihre Küsse, ihre Zunge ... Gleich würde ich vor Hitze explodieren. Ich mußte raus hier. »Es sei denn, du wirfst mich aus deiner Veranstaltung«, schloß ich. Scheiße, jetzt war ich doch wieder ins Du gerutscht. Mit ihrem nackten Anblick vor meinem inneren Auge erschien das Sie aber auch wirklich außerordentlich fremd.

Sie schwieg einen Moment. »Du bist süß«, sagte sie dann. Sie stand wieder auf und kam erneut um den Schreibtisch herum. Diesmal kam sie näher auf mich zu als beim ersten Mal, als sie noch einen gewissen Sicherheitsabstand gewahrt hatte. »Ich habe viel an dich gedacht«, sagte sie mit verführerisch gesenkter Stimme.

Ich war perplex. Was wollte sie? Das war weder der richtige Ort noch der richtige Zeitpunkt hier, um alte Erinnerungen aufleben zu lassen.

Sie kam noch einen kleinen Schritt näher. Jetzt berührten sich Teile unserer Körper, ich spürte die Wärme ihrer Schenkel, und ihre Brüste berührten meine überall dort, wo sie es gar nicht gebrauchen konnten, wenn ich kühl bleiben wollte. »Küß mich«, flüsterte sie, »küß mich endlich, Dummkopf.« So hatte sie mich damals im Scherz genannt. Ich sah ihre Lippen ganz nah vor mir. Sie öffnete sie leicht, und ich legte meinen Arm um sie und zog sie noch näher an mich heran. Jetzt spürte ich ihren ganzen Körper an meinem, und schon bevor ich sie küßte, merkte ich, wie sie sehnsuchtsvoll ihre Mitte gegen mich schob, wie sie begann zu kreisen. Sie keuchte auf, als ich mit meiner Zunge in sie eindrang, und küßte mich leidenschaftlich und wild zurück. Als ich den Kuß beendete, weil alles in mir brannte und sich nach Erlösung sehnte, seufzte sie. »Ich glaube, ich halte es nicht mehr aus.« Sie machte eine kleine Pause. »Ich möchte es gleich hier mit dir tun«, fuhr sie dann unterdrückt fort. Sie mußte sich anscheinend ebenso beherrschen wie ich. Ich konnte mich ihrem Votum nur anschließen. »Ich möchte hier sofort mit dir schlafen. Auf der Stelle.« Ihre Hand fuhr hinunter an meine Hose und begann, sie zu öffnen.

Ich zuckte zusammen und fuhr mit meinen Lippen an ihrem Hals entlang, daß sie aufstöhnte. »Eva, wir sind in deinem Büro, und es ist noch nicht einmal abgeschlossen«, versuchte ich noch einmal die Vernunft zu Wort kommen zu lassen. Es war absolut nicht das, was ich wollte, aber wenn jemand hereinkam? Das wäre vermutlich das Ende für unser beider Karrieren gewesen, ihrer wie meiner, die noch gar nicht begonnen hatte.

»Ich weiß«, erwiderte sie mühsam. »Aber es ist mir egal. Ich habe mich seit einem Jahr nach dir gesehnt.« Sie lachte erregt. »Ich habe mich verflucht, weil ich dir meine Nummer nicht gegeben hatte. Das tue ich normalerweise nie.«

Ich drehte sie mit einem schnellen Schwung herum und drückte sie gegen die Wand. Während ihre Hand immer tiefer in meine Hose rutschte, drückte ich ihre Beine auseinander. Es ging nicht. Der Rock war zu eng. Ich griff hinunter und schob ihn hoch. Nun konnte ich ihre Schenkel auseinanderdrücken und mich dazwischendrängen. Dabei berührte ihre Hand meine Mitte, und ich stöhnte auf. Ich biß mir auf die Lippen. Das war ein hellhöriges Gebäude hier, wie ich wußte. Sie kannte das Gebäude nicht und stöhnte ebenfalls, als mein Bein zwischen ihren Schenkeln landete. Ich preßte meine Lippen auf ihre. »Still«, flüsterte ich an ihrem Mund. »Hier hört man alles!«

Sie zog sich etwas zurück und blickte mich an. »Ich bemerke, du kennst dich hier aus? Was *das* betrifft ...« Sie schmunzelte höchst vergnügt.

»Nein, gar nicht, ich –« Was sollte ich dazu sagen? Sie nahm mich ununterbrochen auf den Arm. Aber was machte das schon? »Ich werde dir zeigen, wobei ich mich auskenne«, knurrte ich angriffslustig. Ich griff ihr direkt zwischen die Beine. Sie schnappte heftig nach Luft. Ich grinste. »Möchtest du noch mehr ›Prüfungsfragen‹ stellen? Ich glaube, ich kann sie alle beantworten, Frau Professor. Ich habe mich gut vorbereitet ...«

Sie schmunzelte noch mehr, als sie wieder ruhiger atmen konnte. »Das sagen die Studentinnen immer ... vorher«, meinte sie.

Was wollte sie denn damit sagen? Wie oft trieb sie es denn mit irgendwelchen Studentinnen in ihrem Büro? Ich sah das schelmische Glitzern in ihren Augen. Sie wollte mich nur reizen. Na, das konnte sie haben! »Paß bloß auf«, knurrte ich wieder leise. »Mich so zum besten zu halten ... Ich werd' dir helfen!«

»O ja, bitte ...«, hauchte sie übertrieben. »Hilf mir.« Sie grinste breit. »Das hatte ich eigentlich auch gehofft. – Huch!«

Sie quietschte auf. Ich hatte sie in den Po gekniffen. Jetzt grinste ich ebenso breit. »Bist du empfänglich für so was?«

Sie lächelte etwas unsicher. »Nicht direkt«, sagte sie. »Es kam nur so überraschend.« Anscheinend hatte ich ihre Selbstsicherheit jetzt ein wenig erschüttert.

Ich fuhr noch einmal mit meinen Lippen an ihrem Hals entlang. »Ich wohne nicht weit von hier«, wisperte ich. »Ich würde lieber da hingehen.«

Sie atmete stoßweise. »Ich auch«, sagte sie, »aber das geht nicht. Ich habe heute einen Termin nach dem anderen. Ich kann nicht hier weg.«

»Ich kann dich heute abend abholen«, schlug ich vor, während ich bereits ihre Bluse öffnete und meinen Mund tiefer wandern ließ.

»Heute *abend?*« Ihre Stimme gab mir deutlich zu verstehen, was sie davon hielt. Nämlich gar nichts. Sie wollte es jetzt. Sie bog ihren Rücken durch und lehnte nur noch mit den Schultern an der Wand. Das war eindeutig.

Ich glitt mit meiner Hand erneut zwischen ihre Beine. Es war heiß dort, heiß und naß, auch wenn ihr Slip mich noch ein wenig aufhielt. Ich schob ihn ihr über die Schenkel hinunter. Sie stöhnte auf.

»Stöhn ruhig«, sagte ich ein bißchen gemein. »Meinetwegen kannst du auch schreien. Es ist ja *deine* Sekretärin, die da draußen sitzt.«

Sie biß sich auf die Lippen. »O mein Gott!« wisperte sie sehr unterdrückt, als ich wieder zwischen ihren Beinen hindurchstrich, diesmal ohne Slip, und ihre Brustwarze in den Mund nahm. Die Nässe an meinen Fingern machte mich ungeheuer scharf. Sie stöhnte wieder, aber es klang sehr gedämpft. Ich blickte von ihrer Brust hoch. Sie biß in ihre eigene Faust, um die Geräusche abzuschwächen. Ich grinste ein wenig. Das mußte sie auch. Ich konnte mich noch sehr gut daran erinnern, wie sie geschrien hatte. Sie schrie sehr laut. Der Gedanke daran ließ mich erschauern. Das wollte ich hören – unbedingt.

Ich schob ihr mit einer Hand die Bluse von den Schultern, während die andere immer noch zwischen ihren Beinen lag. Bewegungslos.

»Oh, bitte …«, keuchte sie leise, während sie die Hand vor ihrem Mund ein wenig lockerte. »Laß mich nicht so lange warten.«

Ich sah ihr in die Augen. Sie flackerten unruhig, irrten ziellos hin und her. Sie war schon jetzt fast jenseits von Gut und Böse. Plötzlich fixierten sie sich auf mich. Ihr Mund schnellte vor, und sie versank in meinem, wild und zügellos küssend und stöhnend. »Ich kann nicht mehr …«, keuchte sie völlig atemlos, als sie sich wieder von mir löste. Ihre Hand griff hinunter und versuchte, meine in sie hineinzuschieben.

»Ruhig«, sagte ich lächelnd, »ich komm' ja schon …« Mein Innerstes fühlte sich ungeheuer heiß an, ich hatte Lust, mich an sie zu pressen, mich auf sie zu legen und einfach nur die Hitze zu spüren und dann die Entspannung. Aber ich wollte zuerst, daß *sie* kam. Ich wollte ihr dabei zusehen.

Meine Finger suchten ihren Eingang, und sie stöhnte erneut auf, während sie sich die Faust in den Mund preßte. Sie schrie ja jetzt schon fast, wie sollte das gleich noch werden? Ich teilte die nassen, angeschwollenen Lippen zwischen ihren Beinen und drang ein. Sie mußte Luft holen. »Ja«, flüsterte sie mit heiser unterdrückter Stimme, weil ihre Faust sie für einen Moment nicht daran hinderte. »O jaaa-«, ergänzte sie dann noch, aber das Wort wurde abrupt abgebrochen, als sie wieder in ihre Hand biß.

Ich ging vor ihr in die Knie und schob ihren Rock noch ein wenig höher. Was für ein Anblick! dachte ich noch, als ich kurz hochsah. Die Frau Professor so aufgeschürzt mit durchgedrücktem Kreuz an der Wand. Ich konnte mir vorstellen, daß nicht viele Studentinnen sie so sahen. Ich grinste. Dann beugte ich mich vor und suchte mit meiner Zungenspitze die weit hervorstehende, harte Perle. Meine Finger glitten gleichzeitig immer tiefer in sie hinein, zwei, drei, dann vier. Sie war so weit offen und naß, daß selbst das noch nicht zu reichen schien. Sie stöhnte ununterbrochen unter ihrer Faust, und ihr Unterleib drängte sich mir entgegen, wollte mich am liebsten verschlingen. Ich spürte die Feuchtigkeit zwischen meinen Beinen. Da war kein großer Unterschied zwischen der Frau Professor und mir ...

Ich stieß in sie hinein, und trotz ihrer dämpfenden Hand klang ihr Stöhnen so animalisch laut, daß es jeder hören mußte. Hoffentlich konnte es wenigstens niemand interpretieren. Zwei, drei Mal noch huschte meine Zunge über ihren Kitzler, während meine Finger sie nahmen, dann stöhnte sie noch einmal, ein unterdrückter Schrei, sie bog ihren Rücken noch mehr durch, erstarrte. Eine Sekunde Ruhe. Dann fiel sie an die Wand zurück, und ich griff schnell nach ihren Hüften, damit sie nicht umfiel. Sie schwankte ziemlich. »Um Himmels Willen!« keuchte sie heftig nach Atem ringend. »Was war das denn?«

»Ein Orgasmus?« schlug ich schelmisch blinzelnd vor.

Sie blickte auf mich hinunter, da ich immer noch vor ihr kniete, und fuhr mir mit den Fingern durch die Haare. »Ja«, sagte sie entspannt lächelnd. »Wahrhaftig. Aber so stark ... das hatte ich schon lange nicht mehr.«

Ich hätte sie ja gern gefragt, wann sie das das letzte Mal gehabt hatte, aber gewisse Gefühle in meinem Bauch trieben mich dazu, jetzt auch einmal an mich zu denken. Ich griff nach ihr und zog sie zu mir herunter. Sie ging in die Knie, und wir sanken nebeneinander auf den Teppich. Ich schob mich auf sie.

»Nein«, sagte sie leise. »Bitte zieh deine Hose aus. Ich will dich auch lecken.«

Das Feuer schoß durch meine Adern, durch meinen Bauch, durch meine Beine. Es gab keine Faser meines Körpers mehr, die nicht erregt war. Und ihre Worte gaben mir den Rest. Ich schauderte auf ihr zusammen. »Ja«, flüsterte ich mühsam, weil ich mich kaum mehr beherrschen konnte und mir die Vorfreude auf das, was jetzt kommen sollte, fast den Atem nahm. Ich erhob mich schnell und zog mich aus. Sie schob mir das Hemd von den Schultern, als ich mich erneut auf sie legte. Ich befreite sie von ihrem BH, der Rock war mir zu kompliziert, aber der störte ja auch kaum. Gut, daß er nicht länger war.

Sie griff nach meinen Brüsten und saugte an den Brustwarzen, und nun mußte *ich* mir die Faust in den Mund stopfen, um nicht zu laut zu stöhnen. Es war fast unerträglich. Ich bekam keine Luft mehr, schnappte nach Atem und biß dann schnell wieder in meine Hand, als ihre Finger zwischen meinen Beinen einen wilden Tanz veranstalteten. Sie drang kurz ein, und ich kam schon fast. Da zog sie sich zurück. Ich stöhnte noch einmal, diesmal enttäuscht.

»Ich sagte doch, ich will dich lecken«, wisperte sie verheißungsvoll. »Komm, setz dich auf mein Gesicht.«

Ich glitt schnell höher, nicht ohne sie noch einmal kurz zu küssen und ihr in die Augen zu blicken. »Alles, was Sie wünschen, Frau Professor«, sagte ich und lächelte sie liebevoll an. Sie lächelte auch – zärtlich. Oh, sie war wundervoll!

Als ich auf ihr saß, drang sie mit ihrer Zunge in mich ein, und ich bäumte mich auf. Das weiche, warme Gefühl, das angenehme Kitzeln ihrer Zunge an meinen Schamlippen und dann noch ihre Finger, die sie hinzufügte – ich konnte es nicht lange ertragen. Meine Erregung war schon vorher viel zu groß gewesen. Ich kam schnell und stützte mich an der Wand ab. Ich spürte ihre Hände, die über meinen Körper fuhren, die mich zärtlich streichelten, und auch ihre Zunge, die erneut versuchte, mich zu reizen. »Nicht ...«, sagte ich abwehrend, aber es war schon zu spät. Sie führte mich wieder an den Rand des Wahnsinns, doch da verhielt sie kurz. »Was machst du da?« fragte ich mühsam.

»Ich quäle dich«, lachte sie. »Dann ist es schöner«, flüsterte sie selbst schon wieder erregt. Ich hörte ihre Stimme, und ich wußte, daß ich sie liebte, daß ich sie immer geliebt hatte, schon seit letztem Jahr.

Ich drehte mich schnell um und tauchte erneut zwischen ihre Beine, während sie immer noch zwischen meinen war. Sie keuchte überrascht auf, dann stöhnte sie. »Ja ...«

Wir waren beide viel zu erregt, um lange zu warten. Ihre Zunge in mir und meine in ihr ließen uns schnell zur Sache kommen. Ich hörte sie leise wiederholen »Ja, ja, ja, ja ...«, immer schneller und abgerissener, bis sie atemlos verstummte und sich unter mir aufbäumte, fast gleichzeitig mit mir, die ich mit dem heißesten Punkt zwischen meinen Beinen noch einmal nach ihrer Zunge angelte. Ich fiel keuchend auf sie nieder.

Später, nachdem ich mich umgedreht hatte, lag sie unter mir und blickte mir entspannt lächelnd ins Gesicht. »Weißt du, wenn ich es mir recht überlege, brauche ich dringend noch eine Doktorandin für mein Projekt, meine ganz ... persönliche Doktorandin«, sagte sie. »Sie muß sehr ... eng mit mir zusammenarbeiten. Könntest du dir das vorstellen?« Sie blinzelte ein wenig schelmisch.

Ich sah sie an. Nichts lieber als das! Seit einem Jahr hatte ich mir das vorgestellt, wenn auch nicht ganz in dieser Form. »Ja«, sagte ich zärtlich, lächelte sie an und strich mit meinen Lippen noch einmal über ihr Gesicht.

»Und als erstes«, kicherte sie fast, »werden wir mal die Hellhörigkeit in diesem Zimmer überprüfen lassen. Ich glaube, da muß man einiges ... verbessern.«

Ruth Gogoll

Das erste Mal

Als Kathrin neu in Sophias Klasse kam, fragte letztere sich, ob erstere vielleicht vom Himmel gefallen war. Sie erschien ihr wie ein Engel, den irgend jemand hier unten vergessen hatte.

Der Platz neben Sophia am Ende der Reihe war noch frei, und so setzte Kathrin sich automatisch neben sie. Und ebenso automatisch ergab es sich, daß Sophia Kathrin in einigem half, damit sie auf den Stand der Klasse kam. Ihre Eltern waren erst kürzlich aus einer anderen Stadt hierhergezogen, und so hatte Kathrin die Schule notgedrungen wechseln müssen, wie sie Sophia erzählte.

Nach kurzer Zeit spielte es sich bereits so ein, daß Sophia fast jeden Nachmittag bei Kathrin verbrachte, die allein zu Hause war, weil sowohl ihr Vater als auch ihre Mutter tagsüber arbeiteten.

Sophia genoß diese Nachmittage gründlich, denn bei sich zu Hause wäre sie ebenfalls allein gewesen. So verstanden Kathrin und sie sich auf Anhieb, und nach einem halben Jahr waren sie bereits die dicksten Freundinnen. Nichts und niemand konnte sie mehr trennen.

Es war einer dieser Nachmittage, an denen sie wieder einmal in Kathrins Zimmer saßen und versuchten, sich vor den Hausaufgaben zu drücken. Sie hörten Musik, lasen Zeitschriften und lümmelten auf Kathrins Bett herum wie fast immer.

»Meine Mutter kommt gleich«, sagte Kathrin mit einem Blick auf die Uhr. »Wir sollten vielleicht wenigstens so tun, als ob wir gearbeitet hätten. Sonst wird sie gleich wieder böse.« Ein Schatten überzog ihr Gesicht. Sie war nicht glücklich.

Sophia hatte schon oft wahrgenommen, daß Kathrin und ihre Eltern kein besonders gutes Verhältnis hatten. Kathrins Vater hatte sie noch nie gesehen, nur auf einem Bild, das im Wohnzimmer stand, aber Kathrins Mutter zog immer so ein griesgrämiges Gesicht, wenn sie nach Hause kam, daß Sophia dann meistens schnell die Flucht ergriff.

Kathrin sprach nicht gern darüber, und Sophia fragte auch nicht, aber manchmal hätte sie Kathrin einfach nur gern in den Arm genommen und getröstet. Doch das traute sie sich nicht. Irgend etwas hielt sie davon ab. Wenn sie nebeneinander auf dem Bett lagen, klopfte Sophias Herz manchmal etwas lauter als gewöhnlich, aber sie wußte nicht, weshalb. Oft tat ihr Herz das auch, wenn Kathrin morgens einfach nur in die Klasse kam, wenn sie sie das erste Mal wieder sah nach der Trennung der Nacht. Aber warum sollte es auch nicht so sein? Schließlich war Kathrin ihre beste Freundin, und sie vermißte sie, wenn sie nicht mit ihr zusammensein konnte.

Sie standen auf und verteilten ihre Bücher und Hefte auf Kathrins Schreibtisch, so daß es nach Hausaufgaben aussah. Kaum hatten sie das getan, hörten sie, wie sich der Schlüssel im Schloß der Wohnungstür drehte.

Kathrins Gesichtsausdruck wurde noch eine Spur gequälter. »Du mußt gehen«, sagte sie leise zu Sophia, und Sophia nickte.

Sie hörten, wie Kathrins Mutter die Wohnung betrat und zur Garderobe am anderen Ende der Diele ging, um ihren Mantel aufzuhängen. Gleich würde sie hereinkommen.

Kathrin sah Sophia plötzlich merkwürdig an und umarmte sie heftig. »Ich bin so froh, daß es dich gibt!« stieß sie atemlos hervor und ließ sie gleich wieder los.

Sophia stand völlig verdattert da, und gleichzeitig öffnete sich die Tür, woraufhin die Stimme von Kathrins Mutter die kosmische Stille durchschnitt: »Komm in die Küche!« befahl sie Kathrin. Sophia beachtete sie gar nicht.

Die Tür schloß sich wieder, und Kathrin begab sich schon in ihre Richtung, bevor Sophia sich wieder gefaßt hatte. Ihr Herz begann erst jetzt wieder zu schlagen, hatte sie das Gefühl. Es hatte vor Schreck einfach ausgesetzt. Dafür schlug es jetzt um so härter in ihrer Brust, die fast zu zerspringen schien.

»Bis morgen«, sagte Kathrin an der Tür und ging dann zu ihrer Mutter in die Küche.

Sophia packte wie in Trance ihre Sachen ein und verließ die Wohnung, wie sie es schon oft getan hatte, aber heute war irgend etwas anders.

Abends lag sie noch lange im Bett und konnte nicht schlafen, weil sie an Kathrin denken mußte, an ihren Körper, der sich an ihren eigenen gepreßt hatte wie ein Ertrinkender.

Das Kribbeln, das über ihre Haut zog, hatte sie schon manchmal gespürt, aber noch nie so stark, so unbeherrschbar. Hatte es etwas mit Kathrin zu tun? Kathrin und sie hatten schon des öfteren in Zeitschriften kichernd die Zuschriften gelesen, und es waren auch einige dabei gewesen, in denen Mädchen fragten, ob man sich auch in Mädchen verlieben könne. Bisher hatte Sophia sich noch keine großen Gedanken darüber gemacht, aber nun? War es das? War sie in Kathrin verliebt? Mehr als eine beste Freundin in ihre beste Freundin?

Sophia dachte darüber nach, aber sie konnte zu keinem Schluß kommen. Kathrin und sie waren fünfzehn Jahre alt. Konnte man da überhaupt schon lieben? Sophia hatte Romane gelesen über Liebe, aber da waren die Leute immer älter gewesen, mindestens siebzehn oder achtzehn, und meistens noch viel älter. Und außerdem waren es immer ein Mann und eine Frau gewesen oder ein Mädchen und ein Junge. Nicht zwei Mädchen. Das kam nie vor.

Über ihren Grübeleien schlief sie ein, und am nächsten Morgen hatte sie es fast schon vergessen.

Jedoch als Kathrin die Klasse betrat, fiel es ihr wieder ein. Kathrin sah furchtbar aus. Als ob sie die ganze Nacht nicht geschlafen hätte, sondern nur geheult. Den ganzen Tag über war kaum etwas mit ihr anzufangen, sie beantwortete Sophias vorsichtige Fragen nur spärlich mit »Ja« oder »Nein«. Mehr nicht.

Sophia wußte sich nicht mehr zu helfen. Sie spürte Kathrins Verzweiflung, aber sie wußte nicht, was passiert war. »Was ist los, Kathrin?« fragte sie, als sie sich auf der Toilette gemeinsam die Hände wuschen.

»Nichts«, erwiderte Kathrin verschlossen.

Sophia beobachtete sie von der Seite. Wenn das ›nichts‹ war, was war dann ›etwas‹? »Du hast doch was«, bohrte Sophia weiter.

Kathrin sah sie an. In ihren Augen schienen Tränen zu schimmern. »Ich halte es nicht mehr aus, Sophia«, flüsterte sie mit erstickter Stimme. »Ich … ich … ich fühle mich so allein!«

Und plötzlich warf sie ihre Arme um Sophia und weinte herzzerreißend. Sie schluchzte, und ihr Körper bebte, während er sich erneut an Sophia preßte wie am Tag zuvor, sie aber im Gegensatz dazu gar nicht mehr loslassen zu wollen schien.

»Aber … aber ich bin doch da«, entgegnete Sophia verwundert, während sie langsam ihre Arme um Kathrin legte und ihren Rücken streichelte. Sie spürte Kathrins Wärme und ihre Tränen auf ihrer Schulter, und obwohl sie nicht so recht wußte, was sie tun sollte, hatte sie das Gefühl, sie wollte sie auch nicht mehr loslassen, wollte sie immer nur halten und stützen und trösten wie in diesem Augenblick.

Kathrins Hände begannen nun ebenfalls, Sophias Rücken zu streicheln, und Sophia spürte, wie das Kribbeln von gestern abend zurückkehrte.

Kathrin löste sich leicht von ihr und sah ihr in die Augen. Dann senkte sich ihr Mund auf Sophias und berührte ihn, preßte sich darauf und verschwand wieder.

Sophia sah Kathrin erstaunt an, öffnete ihre Lippen, die eben noch genauso wie Kathrins geschlossen gewesen waren, und leckte mit der Zungenspitze darüber. Sie waren salzig von Kathrins Tränen.

Kathrin blickte düster vor sich hin. »Wirst du mich jetzt auch noch verstoßen?« fragte sie leise und hoffnungslos.

Sophia löste sich noch mehr von Kathrin und suchte ihre Augen. »Was … was war das?« fragte sie verwirrt.

Kathrin lächelte sehr schief. »Ich habe die Zeitungen von vorne bis hinten gewälzt, aber ich weiß nicht, wie zwei Mädchen sich küssen. Da waren immer nur ein Junge und ein Mädchen abgebildet, und das Mädchen hat nie was gemacht.«

»Du möchtest mich … küssen?« fragte Sophia immer noch konfus.

»Ja.« Kathrin blickte sie sehr ernst an. »Das will ich eigentlich schon eine ganze Weile. Aber ich wußte nicht, ob du … ob du das auch willst.« Sie lachte resigniert auf. »Und außerdem weiß ich nicht, wie es geht!« fügte sie hinzu. Sie musterte Sophia noch einmal. »Aber du willst das bestimmt sowieso nicht. Du stehst garantiert auf Jungs, nicht?« Sie seufzte fast.

»Du stehst auf Mädchen?« fragte Sophia erstaunt, aber nicht so erstaunt, wie sie gedacht hätte. »Woher weißt du das?« schoß sie gleich die nächste Frage hinterher, die ihr in den Sinn kam. Das hätte sie wirklich interessiert.

Nun seufzte Kathrin tatsächlich. »Ich weiß es, weil meine Mutter mich mit einem anderen Mädchen auf dem Bett erwischt und verprügelt hat – in der Stadt, in der wir vorher gewohnt haben. Das war kurz vor unserem Umzug, und sie sagte, es sei wohl nicht so schlimm, da ich sie ja nun nicht mehr sehen würde. Aber ich sollte mich unterstehen, ›so etwas‹ noch mal zu tun. Dabei hatten wir gar nichts getan. Ich wußte gar nicht, was sie wollte. Und sie hat es mir auch nicht erklärt. Sie hat nur gesagt, daß es ›widerlich‹ sei und daß ihre Tochter so etwas nicht täte.« Kathrin lehnte sich ein wenig gegen das Becken. »Seither haben wir nicht mehr darüber gesprochen, aber ich habe daraufhin versucht herauszufinden, was sie gemeint haben könnte.« Ihre traurigen Augen suchten Sophias Blick. »Und seit ein paar Wochen weiß ich es. Ich habe in der Stadtbücherei einen Artikel darüber gelesen. Sie meint, ich wäre ... lesbisch.«

Sophia starrte Kathrin an und war sprachlos.

»Schon gut«, fuhr Kathrin ergeben fort. »Ich dachte ... ich dachte ... vielleicht ... daß du auch ... dann hätte ich mich nicht mehr so allein gefühlt. Aber du mußt nicht ... ich meine, du mußt jetzt nicht mehr mit zu mir kommen. Das willst du sicher nicht.«

Sophia befreite sich langsam aus ihrer Starre und schüttelte ein wenig den Kopf. »Das ... das kommt nur alles so überraschend für mich«, erwiderte sie.

»Ich ... ich ... gehe jetzt nach Hause«, sagte Kathrin müde und traurig. »Bis morgen dann. Tschüß.«

Sie war schon durch die Tür verschwunden, bevor Sophia sich rühren konnte. Doch dann rannte sie ihr hinterher. »Kathrin! Kathrin, warte auf mich!«

Kathrin drehte sich nicht um, bis Sophia sie eingeholt hatte und am Arm festhielt. »Wie ... wie kommst du darauf?« japste Sophia ein wenig. »Natürlich komme ich mit zu dir. Warum denn nicht?«

Kathrin sah sie immer noch traurig an. »Ich will kein Mitleid.

Und ich will auch nicht, daß du nur so mitkommst. Ich kann nicht neben dir sitzen auf meinem Bett, ohne dich berühren zu wollen – ohne dich küssen zu wollen. Bleib lieber hier. Geh zu dir nach Hause.«

Sophia blickte Kathrin sehr ernst ins Gesicht. »Ich will nicht ›nur so‹ mitkommen«, sagte sie betont. »Ich habe –« Sie schluckte. »Ich habe mir noch nicht so viele Gedanken darüber gemacht wie du. Aber ich habe ... nun ja, ich wollte dich auch berühren. Immer schon. Vielleicht sollten wir es einfach mal ... versuchen.« Sie errötete leicht, weil auch sie nun an die Bilder dachte, die sie gemeinsam in den Zeitschriften betrachtet hatten. Die Bilder, auf denen ein Junge ein Mädchen küßte.

»Willst du wirklich?« fragte Kathrin erstaunt.

»Ja.« Sophia erwiderte es fest, obwohl sie noch nicht genau wußte, ob es stimmte. Aber das würde sie herausfinden.

In Kathrins Zimmer legten sie erst sorgfältig die Bücher auf den Tisch, um Hausaufgaben vorzutäuschen, und dann standen sie ein wenig verlegen herum. »Ich weiß nicht, wie es geht«, sagte Kathrin dann irgendwann beschämt.

Sophia lachte. »Ich auch nicht!« Sie setzte sich aufs Bett. »Komm her«, sagte sie leise, und Kathrin kam zu ihr und setzte sich neben sie.

Sie sah Sophia unsicher an. Sophia hatte den Eindruck, sie müsse den Anfang machen. Kathrin traute sich anscheinend nicht mehr. Sophia beugte sich vor und küßte Kathrin leicht auf den Mund. Ihrer beider geschlossene Lippen trafen sich, und es war süß, fand Sophia, süß und verlockend. Sie wollte mehr.

Sie griff an Kathrins Taille und ließ sich mit ihr aufs Bett sinken. Sie erinnerte sich an die Bilder – Sie mußten ihre Lippen öffnen, und irgendwas war da mit der Zunge. Vielleicht sollte sie sich das noch mal genauer anschauen? Aber sie wollte Kathrin nicht loslassen. Am liebsten nie mehr.

Sie öffnete ihre Lippen und stieß mit ihrer Zunge gegen die von Kathrin, die immer noch geschlossen waren. Kathrin zuckte zurück. »Du mußt sie aufmachen«, flüsterte Sophia.

Kathrin gehorchte ihr, aber nun wußte Sophia auch nicht weiter.

Sie suchte mit ihrer Zunge nach der von Kathrin, und auf einmal kam sie ihr entgegen, und ihre Zungenspitzen berührten sich. Sie seufzten beide gleichzeitig auf.

»Das ist schön!« flüsterte Kathrin mit geschlossenen Augen, als sie sich wieder voneinander lösten.

Sophia betrachtete sie. »Ja«, stimmte sie zu, und nun wußte sie, was dieses Kribbeln auf ihrer Haut bedeutet hatte. »Kathrin?« sagte sie leicht fragend.

Kathrin schlug die Augen auf und sah sie ängstlich an. Wahrscheinlich erwartete sie eine Ablehnung.

»Ich glaube ...«, begann Sophia unsicher, »ich glaube, ich bin es auch. Ich glaube, ich stehe auch auf Mädchen.« Sie lachte leicht verlegen. »Zumindest stehe ich auf dich!«

Kathrins Gesichtsausdruck veränderte sich nur langsam. Zuerst war er noch starr, dann Stück für Stück, kaum zu sehen, stahl sich ein Lächeln in ihre Mundwinkel. »Sophia«, flüsterte sie nur.

Sophia beugte sich so weit zu ihr, daß sie ihr Gesicht nur noch verschwommen erkennen konnte. »Ich denke, wir sollten uns ausziehen«, sagte sie leise. »Ich möchte dich spüren, dich berühren, dich überall anfassen.« Sie ließ ihren Mund wieder auf Kathrins sinken und küßte sie erneut, diesmal schon mit mehr Übung.

Kathrins Hände berührten Sophias Taille, fuhren aufwärts zu ihren noch kaum vorhandenen Brüsten, die ebenso wie bei ihr selbst spitz hervorstanden. Sie atmete heftiger. Sie hatte Sophia schon oft genug nackt gesehen, nach dem Sportunterricht, beim Umziehen, oder nachmittags, wenn sie manchmal schwimmen gegangen waren, und immer hatte sie ihren Blick abgewendet, weil sie es kaum ertragen konnte. Aber heute würde sie das nicht mehr tun müssen. Heute würde sie sie betrachten können, wie sie es immer schon gewollt hatte.

Kathrins Erregung wuchs. Sie wußte, daß es Erregung war, denn sie hatte darüber gelesen – *viel* gelesen. Kaufen konnte sie in ihrem Alter ja kaum etwas, aber in der Stadtbücherei stand auch genug. Und sie hatte dies alles, was dort beschrieben wurde, schon manchmal gespürt, wenn Sophia neben ihr auf dem Bett gesessen hatte. Und einige Male auch allein.

Aber heute folgte sie nur ihrem Verlangen. Sie schob Sophia

leicht von sich weg und begann sich auszuziehen. Sophia ließ sie nicht aus den Augen, streifte ihr T-Shirt über den Kopf ... Kathrin hielt für einen Moment den Atem an und legte sich dann einen Augenblick später zu ihr aufs Bett. Beide waren sie nun nackt.

Sophia betrachtete Kathrin und fragte sich, was eigentlich der Unterschied war zwischen diesem Mal und all den anderen Malen, die sie Kathrin nackt gesehen hatte.

Kathrin stellte sich offenbar dieselbe Frage, denn sie fragte flüsternd: »Hast du ... hast du schon mal ...?«

Sophia schüttelte den Kopf. »Und du?«

»Nein.« Kathrin sah Sophia unsicher an. »Ich habe so viel darüber gelesen – über das erste Mal, wenn ein Mädchen mit einem Jungen schläft, und es war immer ... es war immer so weit weg. Ich hatte Angst davor, und gleichzeitig war da oft so ein ... Kribbeln –« Das letzte Wort hauchte sie nur. »Die Jungs habe ich immer weggeschickt, wenn sie was von mir wollten, und doch ... und doch hätte ich so gern gewußt, wie es ist –«

Sophia lachte, legte sich halb auf Kathrin, weil das Jugendbett viel zu schmal war für sie beide, und blickte in Kathrins Gesicht. »Wem sagst du das?« wisperte sie und fuhr mit einem Finger Kathrins Augenbrauen nach. »Du erzählst mir meine eigene Geschichte.«

Kathrin schloß erneut die Augen. »Wenn meine Mutter uns erwischt, ist es aus«, flüsterte sie zitternd. »Sie wird dich fortschicken, und dann ... dann habe ich niemand mehr.« Ihre Augen öffneten sich weit vor Angst. »Vielleicht sollten wir es lieber nicht tun.«

»Deine Mutter mag mich sowieso nicht«, sagte Sophia. »Sie sieht mich kaum.« Ihre Lippen näherten sich denen von Kathrin. »Außerdem sind wir jetzt sowieso beide schon nackt. Wenn sie in diesem Augenblick hereinkäme, könnten wir nichts mehr ändern. Egal, ob was passiert ist oder nicht.« Sie senkte ihren Mund auf den von Kathrin und wollte sie küssen, aber Kathrin drehte sich ruckartig weg und blickte zur Uhr auf ihrem Schreibtisch. Sophia verfehlte ihren Mund und landete auf der Wange.

»Mein Gott, hast du mir jetzt einen Schreck eingejagt!« stieß Kathrin atemlos hervor. »Ich dachte schon, meine Mutter käme nach Hause.«

Sophia blickte auch zur Uhr. »Es sind doch noch zwei Stunden«, beruhigte sie Kathrin.

»Ja.« Kathrins Blick kehrte zu Sophia zurück, gleichzeitig mit ihrem Mund. »Zwei Stunden.«

Sophia mußte auf einmal lachen. »Meinst du, wir schaffen es in der Zeit? Im Moment sieht es nicht so aus.«

Kathrin sah zerknirscht zu Sophia hoch. »Ich weiß, es ist meine Schuld. Ich mache so ein Drama daraus. Aber meine Mutter – Es ist sowieso immer meine Schuld, ganz egal, was ich tue. In ihren Augen kann ich nichts richtig machen.«

»Das denke ich bei meiner manchmal auch«, sagte Sophia. »Arme Kathrin«, flüsterte sie dann, »arme, arme Kathrin ...« Diesmal blieben Kathrins Lippen, wo sie waren, und Sophia begann sie zu küssen.

Kathrin legte ihre Arme um Sophia und hielt sie so fest wie sie konnte. Sophias Mund verschlang ihren eigenen fast, dann war er wieder verschwunden, so daß sie beide Atem holen konnten, und kehrte zurück, um sie erneut zu küssen. Kathrin wußte nicht mehr, wo sie mit ihren Beinen hinsollte. Sophia lag fast schon vollständig auf ihr und drückte sie dadurch auseinander, aber das Bett war zu schmal, und so fiel eines von Kathrins Beinen hinunter.

Sophia blickte ernst mit gerunzelter Stirn darauf. »Wie machen das die Erwachsenen nur?« fragte sie in die Luft hinein. »Ob die auch solche Probleme haben wie wir?« Sie grinste und schaute auf Kathrin hinunter. »Kriegt man da mit der Zeit Übung?«

Kathrin mußte auch grinsen. »Bestimmt«, sagte sie. Sie hob eine Hand und streichelte Sophias Gesicht. »Es ist so schön, daß du bei mir bist«, flüsterte sie ganz leise, »so wunder-, wunderschön.«

»Ja.« Sophias Stimme brach, als sie versuchte zu sprechen. Sie konnte nicht mehr. Ihre Kehle war wie zugeschnürt. Sie begann, Kathrin zu streicheln – erst ihren Arm, dann ihre Seite und hinunter zu ihrem Schenkel.

Kathrin schien angespannter zu werden unter ihr. Sie versuchte sich zu bewegen, aber dadurch fielen sie beide fast vom Bett. »Das ist wirklich nicht einfach«, sagte sie und hob ihr Bein an, um es dann an Sophias Hüfte zu legen. Ihr Schenkel schloß sich über Sophias Po.

»Hmm«, machte Sophia. »So ist es besser. Viel besser.« Sie spürte das Kribbeln, das Kathrins Fuß in ihrer hintersten Region auslöste. Damit hatte sie nicht gerechnet. Immer mehr fühlte sie ein Ziehen in sich. Es kam von zwischen ihren Beinen oder aus ihrem Bauch, das konnte sie nicht so genau feststellen. Sie rutschte ein wenig auf Kathrin hin und her, weil sie eine bessere Position finden wollte.

»Ooh«, seufzte Kathrin plötzlich, »bitte hör nicht auf. Mach weiter. Das ist schön.«

Sophia blickte erstaunt auf Kathrin hinunter. »Ich mache doch gar nichts.«

»Doch«, sagte Kathrin mühsam. Ihr Atem ging flach. »Doch, du machst was. Bitte ...«

Sophia versuchte, die gleichen Bewegungen von eben zu wiederholen.

»Oh ...«, seufzte Kathrin, und gleich darauf: »Ah ...« und dann wieder: »Oh ...«, bis sich die Laute im gleichen Rhythmus von Sophias Bewegungen abwechselten: »Oh ... ah ... oh ... ah ... oh ...«

Sophia hörte es und konnte sich nicht ganz erklären, was mit Kathrin geschah, aber es war offensichtlich schön, und so machte Sophia weiter. Mit der Zeit fühlte sie, daß Kathrins Seufzen und Stöhnen, ihr Winden unter Sophias Hüften auch bei ihr selbst etwas auslösten. Sie rutschte noch etwas weiter an Kathrins Schenkel hinab und öffnete ihre Beine, und plötzlich schrie sie überrascht auf. Sie erstarrte.

Kathrin öffnete langsam ihre Augen. Sophia sah das Verschleierte darin, wie von Tränen, aber es waren keine Tränen zu erkennen. Kathrins Augen waren einfach nur nicht klar wie sonst. »Was ist?« fragte sie heftig atmend.

»Ich ... ich weiß nicht«, erwiderte Sophia verwirrt. »Als ich an dir runterrutschte, war da plötzlich ... plötzlich so ein Gefühl –«

»Ja, ich weiß«, sagte Kathrin, nun lächelnd. »Das ist bestimmt das gleiche Gefühl, das du mir die ganze Zeit schon vermittelst. Jetzt hast du es endlich auch.«

»Das?« Sophia schluckte. »Das ist es?«

»Keine Ahnung, ob das schon alles ist«, meinte Kathrin, jetzt etwas erholt. »Auf jeden Fall ist es sehr, sehr schön, und ich würde gern … ich meine, wenn du willst … würde ich gern … Machst du weiter?« Sie sah fragend zu Sophia hoch.

Sophia blickte auf ihre Freundin hinunter, die liebste aller Freundinnen, und hielt ihre Augen fest. Sie begann ganz langsam, sich wieder zu bewegen und biß sich fast auf die Zunge, weil das Gefühl so stark war. Obwohl sie es nicht kontrollierte, wurde sie immer schneller. Kathrins Augen schlossen sich nur halb wieder und waren immer noch auf Sophia gerichtet. Sie bog sich Sophia immer mehr entgegen, und ihre Seufzer vereinigten sich mit denen von Sophia, die sie nun auch nicht mehr zurückhalten konnte. Ihr Atem ging in den gleichen abgerissenen Stößen, bis auf einmal Kathrin vollkommen erstarrte und Sophia fast hochhob. Dann fiel sie zurück und Sophia spürte, daß etwas in ihr sich sammelte, ihren Bauch erzittern ließ, ganz warm durch sie hindurchfloß … Sie drückte noch einmal reibend ihre Mitte gegen Kathrins Schenkel, der nun weich unter ihr lag, und erstarrte auch. Sie stieß die Luft heftig aus, als sie wieder atmen konnte, und fiel keuchend auf Kathrin nieder.

»Ups!« sagte Kathrin lachend. »Du bist ganz schön schwer, wenn du dich so fallenläßt!«

»Oh … entschuldige«, keuchte Sophia immer noch. »Ich konnte nicht mehr. Ich fühlte mich plötzlich so schwach.«

Kathrin lächelte. »Ich auch«, sagte sie leise und strich durch Sophias Haar. »Bei mir war es genauso.«

Sophia starrte Kathrin ins Gesicht. »Mein Gott, Kathrin«, sagte sie ungläubig. »Was war das?«

»In den Büchern nennen sie es Sex, glaube ich«, sagte Kathrin schmunzelnd.

»Aber das ist doch –« Sophia schüttelte den Kopf. »Es ist doch gar kein Junge dabei.«

»Anscheinend ist das nicht nötig«, sagte Kathrin, nun wieder ernst. »Wenn man … wenn zwei Frauen … Mädchen –« Sie verstummte. »Es war so schön, Sophia«, flüsterte sie. »Ich hätte mir nie vorgestellt, daß es etwas gibt, was so schön sein kann.«

»Ja.« Sophia bettete immer noch völlig überwältigt ihren Kopf an Kathrins Brust. Nach einer Weile hob sie ihn wieder. »Ich würde dich gern noch mal küssen«, sagte sie.

Kathrin lächelte. »Ich auch«, sagte sie leise.

Als sie sich küßten und Sophia mit ihrer Zunge in Kathrins Mund eindrang, begann Kathrin wieder, sich unter Sophia zu bewegen. Sophia beendete den Kuß. Sie hatte das gleiche gefühlt wie Kathrin. Zumindest nahm sie das an. »Meinst du ...«, Sophia mußte sich räuspern, um weitersprechen zu können, »meinst du, es ist sehr verdorben, wenn wir noch mal ...?«

Kathrin schien zu überlegen. »In den Büchern stand nichts davon. Ich dachte immer, es ist vorbei, wenn man einmal –, aber ... aber ich würde auch gern –«

»Na dann ...« Sophia grinste. »Was interessieren uns die Bücher, wenn wir zusammen sind und dasselbe wollen?« Sie fuhr mit ihrer Hand an Kathrins Körper hinab, hob sich leicht an und streichelte ihre Brust. »Bist du krank?« fragte sie.

»Weshalb?« Kathrin blickte erstaunt.

»Das hier«, sagte Sophia und strich mit ihrem Daumen über die Erhöhung in der Mitte von Kathrins weichem, weißen Hügel. So etwas hatte sie noch nie gesehen, so groß. Sie wußte, daß sie selbst auch so etwas besaß, aber das war immer viel kleiner gewesen, wenn sie vor dem Spiegel gestanden hatte.

Kathrin warf den Kopf auf dem Kissen zur Seite und stöhnte. »Nein«, preßte sie mühsam hervor, »ich glaube nicht, daß ich krank bin, jedenfalls nicht da. Das ist fast noch schlimmer als ... da unten.« Sie griff nach Sophias Brust und strich über die Mitte.

Sophia schrie auf.

»Siehst du?« Kathrin lächelte. »So ist das.«

Sophia strich sich mit der Zunge über die Lippen. »Ich weiß nicht, warum, aber ich möchte das gern in den Mund nehmen. Meinst du, das geht?«

»Versuch's doch«, sagte Kathrin.

Im nächsten Moment, als Sophias Mund sich auf ihre Brustwarze senkte, schrie sie auch auf. Nun wußten sie beide, daß es ging.

Die nächsten beiden Stunden gingen so schnell dahin, daß sie es kaum merkten.

»Wir müssen uns anziehen«, sagte Kathrin nach einem Blick auf die Uhr. »Meine Mutter kommt gleich.«

»Ja, leider.« Sophia seufzte. Diesmal lag sie unter Kathrin und blickte zu ihr hoch. Sie umarmte Kathrin und zog sie zu sich heran.

»Ich möchte nie mehr aufhören damit«, flüsterte sie. Die Gefühle, die Kathrin soeben noch mit streicheln und küssen in ihr hervorgerufen hatte, fluteten immer noch durch ihren Körper, erfüllten sie warm und zärtlich, und Kathrin blickte so liebevoll auf sie hinunter, daß ihr gleich wieder ganz heiß wurde.

Kathrin streichelte noch einmal ihr Gesicht und hauchte einen Kuß auf ihren Mund. »Ich will auch nicht aufhören, aber wir müssen.« Sie stemmte sich hoch und stand auf.

Sophia erhob sich ebenfalls, und sie zogen sich schnell an. Danach nahm Kathrin Sophia noch einmal in die Arme. »Wirst du immer bei mir bleiben?« fragte sie wispernd.

»Ja.« Sophia schmiegte sich an Kathrin und genoß noch einmal die warmen Gefühle, die ihren Körper durchzogen. »Wir sind jetzt Freundinnen für immer.«

Kathrin seufzte. »Freundinnen für immer«, wiederholte sie.

Das Geräusch des Schlüssels draußen an der Tür unterbrach ihre Idylle. Etwas hektisch sahen sie sich beide um, ob sie noch etwas vergessen hatten, das sie verraten konnte.

Als Kathrins Mutter hereinkam, saßen sie beide brav am Schreibtisch. Ausnahmsweise erkundigte sie sich: »Na, habt ihr was gelernt heute?«

Sophia konnte es sich nicht verkneifen zu grinsen, aber sie bemühte sich sehr, es zu unterdrücken. »Ja«, sagte sie und erhob sich, um ihre Sachen zusammenzupacken und nach Hause zu gehen. »Wir haben viel gelernt heute. Sehr viel.«

Im el!es-Verlag sind weiterhin erschienen

Ruth Gogoll: Taxi nach Paris
Die Liebe zu einer Prostituierten treibt sie fast zur Verzweiflung, denn das Gewerbe steht einer glücklichen Beziehung immer wieder im Weg . . .

Ruth Gogoll: Über die Liebe oder Ein Tod in Konstanz
Die ältere Eva verliebt sich in die zwanzig Jahre jüngere Sina, doch der Altersunterschied und Sinas kriminelle Ex-Freundin machen die Beziehung fast unmöglich.

Ruth Gogoll: Computerspiele
Als Ellen des Mordes verdächtigt wird, versucht ihre Geliebte Nora, sie zu entlasten. Dabei hilft ihr die alte Schulfreundin Renni, mittlerweile Polizistin.

Ruth Gogoll: Tödliche Liebesspiele
Kommissarin Renni muß wieder einen Mord aufklären und verliebt sich in die Pathologin Monika, die jedoch erst noch von der lesbischen Liebe überzeugt werden muß.

Ruth Gogoll: Mord im Frauenhaus
Morde im Frauenhaus halten Kommissarin Renni auf Trab, und in ihrer Beziehung zur Pathologin Monika kommt sie endlich zu einer Entscheidung.

Ruth Gogoll: Die Schauspielerin
Einer Schauspielerin, gefangen im Teufelskreis zwischen Ruhm und Untergang, läuft die alte Jugendliebe wieder über den Weg.

Ruth Gogoll: Eine romantische Geschichte
Alex verliebt sich in Esther und hat unter Esthers Sex-Eskapaden zu leiden, bis sie Yvonne trifft.

Ruth Gogoll: Ich liebe dich
Die Beziehung zu einer Bankmangerin ist zunächst turbulent und voller Erotik, wenn da nicht die Ex-Freundin der schönen Bankfachfrau wäre, die die Eifersucht schürt, da die Karriere einen Umzug ins sündige Frankfurt erfordert . . .

Ruth Gogoll: Simone (Zweiter Teil der »Schauspielerin«)
Dramatische Ereignisse stellen die Beziehung zwischen Pia und Simone auf eine harte Probe.

Shari J. Berman: Hawaiianische Träume
Freddie will auf Hawaii ihren Ex-Ehemann vergessen, da läuft ihr die attraktive Stephanie über den Weg . . .

Shari J. Berman: Tanzende Steine
Sally und Ricki lernen sich als Kinder kennen und lieben – als sie erwachsen sind, wird aus Liebe Sex.

Regina Beyer: Die Beschützerin
Automechanikerin Lena bekommt den Auftrag, Undercover-Ermittlerin Karen vor kaltblütigen Gangstern zu verstecken – und schon bald entwickeln sich zarte Gefühle zwischen den Frauen.

Regina Beyer: Katzenfrühstück
Rick verliebt sich in die Rechtsanwältin Dana, doch dem Glück stehen noch ein Ex-Ehemann und Danas Kinderwunsch im Weg.

Regina Beyer: Rebellin der Liebe
Sid verliebt sich in die LKW-Fahrerin Renée, die sich partout nicht outen will, und dann versucht auch noch Renées Familie, die beiden auseinanderzubringen . . .

Michèle Atanassoff u.a.: Warum verliebe ich mich immer in die falsche Frau? – Ein LesbenLiebesRatgeber
Amüsante Kurzgeschichten und die ebenso amüsante Analyse einer Psychotherapeutin, warum wir uns immer in die falsche Frau verlieben.

Astrid Flint: Wie kriege ich meine Traumfrau rum? – LesbenLiebesRatgeber 2
Ein Knigge für korrektes Anbaggern und salonfähiges Verhalten auf dem lesbischen Parkett.

aleks. Jähnich: Sullys Tod
Fotografin Terry Stein will nur den Mord an einer Freundin aufklären und gerät dabei in die Intrigen der Wirtschaftskriminalität.

Anna Regine Jeck: Toni Ella Nick
Liebesgeschichte zwischen drei Frauen, in der Pferde eine große Rolle spielen.

Daniela John: Ein Kaffee für zwei
Die Geschichte von Jo und Gabi, die nach einigen Wirrungen zueinander finden.

Antje Küchler: Der Abgrund – Liebe, Action, Abenteuer und ein Happy End
Anja und Laura sind ein glückliches Paar, da wird Laura in Rußland entführt, und Anja macht sich auf die Suche nach ihrer Geliebten im kalten, rauhen Sibirien.

Diana Lee: Die Geliebte der Wölfin
Ritterinnen, Zofen und Heldinnen, die tapfer mit dem Schwert kämpfen – ein amüsanter Roman, der im dunklen Mittelalter spielt.

Brenda Miller: Court of Love
Basketballspielerin Chris verliebt sich in ihre Physiotherapeutin Beth . . .

Brenda Miller: Bitte verzeih mir
Konzernchefin Veronica verliebt sich in die Supermarktkassiererin Rose, die sie in einer kalten Winternacht mit ihrem Porsche anfährt. Weder Schuld noch Liebe gesteht sie ein – wird Rose ihr verzeihen?

Victoria Pearl: Ungeahnte Nebenwirkungen
Deine Zahnärztin will nicht nur deine Zähne, sondern auch hemmungslosen Sex; nur ihre mysteriöse Vergangenheit sorgt für reichlich Probleme.

Victoria Pearl: Zärtliche Hände
Bevor Olivia endlich zu ihrer großen Liebe findet, stürzt sie sich in mehrere Liebesabenteuer.

Nele Tabler: Detektei Lesbisches Leben – Die tote Krankenschwester
Agatha Christie auf lesbisch: Ein Mord ist geschehen, und mehrere Hobby-Detektivinnen stellen eigene Nachforschungen an, um den Fall aufzuklären.

Nele Tabler: Detektei Lesbisches Leben – Oma Mathildes Pistole
Die Heilpraktikerin Regine wird erschossen, und Oma Mathildes Pistole ist verschwunden – ein neuer Fall für die Detektei Lesbisches Leben . . .

Haben Ihnen die Geschichten gefallen?

Schreiben Sie vielleicht selbst ähnliche Geschichten?

Dann senden Sie sie uns zu, an folgende Adresse:

el!es-Verlag
Postfach 1405
D – 79504 Lörrach

Oder über unsere Internetseite:

www.elles.de → Verlag → Manuskripte einreichen

Wenn Sie in Zukunft regelmäßig über Neuerscheinungen des el!es-Verlages informiert werden wollen, lassen Sie sich in unseren Verteiler eintragen:

www.elles.de → Verlag → Verteiler